窒愛

Suffocating Love

梅洛琳 著

為什麼我這麼害怕他是我恐懼的根源？

前男友住院、花盆從天而降、被剪碎的貼身衣物、暗處總有人在窺視著，
那天之後，只要我恐懼的瞬間，他都會出現在我身邊……

崧燁文化

目錄

目錄

第一章

熱……好熱……

我躺在床上，望著天花板，還是會感到暈眩，整個頭像是和身體分家，然後被擺在水上飄蕩。我本來就是搭船就會暈的那種人，對此更感無力，只能閉上了眼睛休息。

「茵茵，要睡等一下再睡，先起來把藥吃了。」

我張開眼睛，是我的室友李宜樺，她拿著一包藥和熱水站在我的床前，一臉嚴肅。

「我……我不想吃。」

「不吃怎麼可以？」李宜樺叫了起來。「妳就是這樣子，生病也不懂得去看醫生，藥也不吃，難怪會發燒到三十九度。」

第一章

我被她罵得有點心虛，無言以對。

討罵挨也沒辦法，誰叫我自作自受呢？我就覺得奇怪，好端端的，怎麼會頭暈個不停呢？要不是李宜樺發現我不對，拖我去看醫生，我現在恐怕還不知道自己生病了。

「好啦！」我勉強坐了起來，把藥和熱水接過來，吃了下去。

哇！

藥苦倒是其次，只是我不喜歡藥丸吞下去的感覺，每顆看起來都小小一顆，但要嚥下喉嚨，都像是要把食道撐破似的，不太好受，每次吃藥都得費一番功夫呢！

「這還差不多。」李宜樺滿意的道：「妳先休息一下，睡個覺，我要出去一下。」

「妳要去哪裡？」發現自己生病，我感到有點脆弱，希望有人在身邊陪我。

「我跟我阿奇約好了，要出去吃飯。妳看看妳想要吃什麼？我順便帶回來給妳。」

對喔！李宜樺本來就跟她的男朋友方斯奇約好要出去，是她發現我發燒，強行帶我去看醫生，才拖到現在。

既然如此，我也不好意思叫她留下來了。

「隨便。」

「那我就自己決定囉！」

「好。」

聽到她出去，把門帶上的聲音，我躺在床上，閉著眼睛，想要睡，腦袋卻很難過，就像是水球在裡面搖晃，暈得我亂七八糟，難以入眠。

這一切，都是自找的。

要不是昨天去找梁禹皓，發現他和另外一個女人在一起，我也不會變成現在這個樣子。

是打擊太大，所以才生病了嗎？

我閉上眼睛，想起梁禹皓和那個女人親吻的畫面，然後身體一轉，想要跑開，卻不知道跑到哪去？等我發現自己身在何處時，已經凌晨四點了，然後拖著疲憊的身軀回到租屋處，呆坐在客廳到天明。

第一章

李宜樺就是看到這樣的我，才死拖活拖帶我去看醫生，我才知道自己這麼脆弱，不僅愛情失意，連病魔都找上了。

我真的很衰。

和梁禹皓交往了那麼久，算算也快七、八個月了吧？當初看他不錯，同學又起鬨，所以我們兩個就順理成章，走在一起了。

本來想說愛情嘛！平平淡淡的也不錯，才能長長久久，沒想到……

他們相吻的畫面又浮了上來，我只覺得難受，想將它推開，它卻一直逼近，而此時頭又暈得難受，搞不清是病魔的威力，還是梁禹皓的背叛讓我難受。除了頭脹得要死，胸口悶悶的、重重的，像是在海底，被龐大的水壓壓得喘不過氣來……

水，我想要水……

我坐了起來，頭還是暈個不停，剛才吃藥的杯子還剩點水，我拿起它一仰而盡，然後想把它放回桌上……

匡啷！

杯子掉在地上，碎成一地，我沒有力氣去清掃，只能先躺在床上，等李宜樺回來時，再請她幫我整理。

我閉上眼睛，但卻沒有完全闔上，我想休息，但身體的難受又不讓我如願，我只能躺在床上喘著氣。

身體好冷……又好熱……

我的棉被在腳底下，卻沒有力氣去拿過來，只能抱著身體，蜷縮著發抖，不是吃過藥了嗎？為什麼還這麼難受？

迷迷糊糊間，有一個薄薄的東西蓋在我身上。

我勉強睜開了眼，見到棉被蓋在我身上，李宜樺回來了嗎？她幫我蓋棉被的嗎？

頭好熱，身體也好熱，我閉著眼想休息……驀然間，額頭上有一股清涼，沁到我的腦裡。我張開眼，由於窗簾拉上了，光線矇矇矓矓的，看不清楚眼前的是誰。

有個影子……在我的床邊……他在看我，看起來像是個男孩子，不過……不是梁禹皓，那……他是誰？

第一章

我想看更清楚一點，卻沒有辦法……或許是藥效發揮了，我的身體……不聽使喚，我的眼皮想往下掉，讓我看不清楚……

是誰？他究竟是誰？我想知道是誰在我房裡？但是身體卻不聽使喚，我好累喔……

會不會……我還沒睡著，卻已經做夢了？

身體又開始難受，又像陷入火海裡，燒得我好難受，誰能來救我？救我……咦？誰的手？這是誰的手？我緊抓著這隻手，不肯放開，可不可以……請你把我從這個火海救出去？

不要走！對！不要走！對，就是這樣，你不要再走了……

緊握著的手沒有離開，我牢牢的抓住他，而此時……頭好重、眼皮好累，我想睡了，先睡一下吧……那人究竟是誰，我只好從夢中得到答案……

※　※　※

我醒了過來。

一個軟軟涼涼的東西在我臉上，我拿了起來，看到是毛巾……我錯愕的坐了起來。

毛巾怎麼會在我臉上？是李宜樺嗎？

如果是李宜樺的話，她應該是拿我的藍色毛巾，而不是她的綠色毛巾啊？可是李宜樺的毛巾為什麼會在我臉上？那麼……那不是夢了？真的有一個人，在我發燒的時候，在我身旁陪我？

不知道是誰？但心底卻流過一股細滑的暖意。

我疑惑的看著它，身體因為發燒而全身都是汗，衣服都濕透了，但我沒有想要拿來擦拭。

「妳醒來了啊？」李宜樺走了進來。

「妳怎麼回來了？」我驚訝的看著她。

「小姐，已經晚上八點了好嗎？我下午出去，已經出去很久了。」

我看了一下時鐘，真的已經八點了！我睡了這麼久嗎？李宜樺出去時，天色還是

第一章

亮的，現在已經暗了。今天的時間，我都過得渾渾噩噩的。

我起身下床，汗流出來後，覺得全身好多了。

「妳幫我收拾地上的啊？」我看到地上已經沒有玻璃碎片了。

「什麼？」

「我杯子破了，掉在地上，不是妳幫我掃的嗎？」

「沒有啊！妳的杯子，不是在桌上嗎？」

什麼？

我大吃一驚！將視線移到桌子上，沒錯，桌上有個我專用的杯子，可是不是已經摔碎了嗎？為什麼又會好端端的出現在眼前？

我疑惑的將杯子拿起來，這是一個造型很簡單的杯子，相當素面，沒有什麼花樣，只有在把手的部分有些花紋而已，而且裡面還裝滿了水……

不可能呀！我明明不小心將它打碎了！

「茵茵，妳怎麼了？」李宜樺走到我身邊。

「沒、沒事。」我抬起頭，不想讓她知道這件事，搞不好她以為我在做夢，要解釋起來，也說不清楚。「沒有，毛巾還妳，謝謝。」我將毛巾遞給她。

「謝謝什麼？」

「妳說妳現在才回來？」我忽然想到什麼，小心翼翼的問道。

「對啊！」

「那這毛巾……不是妳放在我頭上的嗎？」

「放妳頭上？我才剛回來耶！什麼都還沒做。怎麼會把毛巾放妳頭上？不是妳自己放的嗎？」

「喔……對、對。」見她否認，我也不想讓她起疑，連忙稱是。

「還是別人放的？」

我以為她在取笑我，轉移她的注意力。「毛巾還給妳。不好意思，用到妳的毛巾了。」

「沒關係，我又不介意。對了，剛剛有沒有人來？」

「沒有啊！」那個黑影……算嗎？

「沒有嗎？」李宜樺喃喃著，我疑惑的望著她。

「怎麼了？」

「沒有，沒事。」她不知道在想什麼，一臉沉思，最後放棄，將毛巾拿了出去。

她不介意，可是我有點介意，李宜樺說我拿錯毛巾，可是……我並沒有力氣到浴室去拿毛巾啊！剛剛我一直躺在床上，而且還有一隻手……醒來之後，什麼也沒有，是我在做夢嗎？

而且我的杯子明明破了，現在卻好端端的在我面前，這……是怎麼回事？

我忽然發現一件事，就是我的杯子因為長久使用，不小心碰撞過好幾次，在杯緣的部分有一些細微的缺口，而這個杯子，完整無缺……

這不是我的杯子！

如果這不是我的杯子，那代表我的舊杯子的確碎過，還有人幫它掃了起來，會是誰呢？

會是那個……我以為是在做夢的黑影嗎？

是誰進到我房裡，不僅幫我清理地面，還把李宜樺的毛巾在我頭上，幫我退燒，還給我那隻手……

到底是誰？

「對了，茵茵，我幫妳買了肉羹麵，過來吃吧！吃了之後還要吃藥。」李宜樺將一碗熱騰騰的麵放到旁邊的書桌上，打斷我的沉思。

「謝謝。」

我坐直身體，坐到書桌前，拿起她幫我準備的筷子，吃了起來。

「你昨天是怎麼回事？怎麼那麼晚才回來？」李宜樺在我床上坐了下來，還問到敏感的話題。

我低頭吃麵，假裝沒聽到，而李宜樺又說了：

「妳昨天說要出去找梁禹皓，結果到底發生了什麼事？」真是一針見血，看來我想逃避都不行了。

「我跟他分手了。」我含混不清的說著。

「什麼?」李宜樺尖叫了起來!

我繼續吃麵，沒有理她。

「怎麼了?發生什麼事?他對妳說了什麼話?你們為什麼會分手?這到底是怎麼回事?」

雖然我低頭吃麵，看不到她的表情，不過我仍感覺到李宜樺的情緒高昂，還激動的站了起來。

「茵茵，是怎麼了?妳說話呀!」

我被李宜樺推了一把，原本要入口的麵歪了一邊，碗還差點傾倒，我趕緊將它扶正。

「我在吃麵。」

好半晌我沒有聽到李宜樺的聲音，我放下筷子，抬起頭來，看到李宜樺站在我身邊，一臉難以置信。

「妳怎麼了？」我開口問道。

「茵茵，妳……還好吧？」

「還好呀！」我有點莫名其妙。逼出了一身汗，身體也輕鬆許多，已經不像早上那樣難過了。

「那妳怎麼能夠這麼鎮靜？」

原來如此，難怪李宜樺看我的表情不一樣。

「分了……就分了。」我繼續低頭吃麵，可能是今天一整天都沒有吃東西，所以麵吃起來格外的美味。

「妳……」

等我把麵吃完之後，轉頭對李宜樺說道：

「放心，我不會跑去自殺的。」

李宜樺僵在那裡，似乎我說中了她的心事，有些尷尬的，她搔了搔頭。

「妳……不難過嗎？」

沒辦法，現在社會新聞跳樓的，不是被逼債，就是為情所困，她會以為我是後者也很自然。

「難過……還是會啦！只是分了就分了，要不然怎麼辦？好像也不必難過到跑去自殺吧？」我說出我的想法，對過去一年的情感，竟然能夠這麼瀟灑，自己都感到訝異。

「真的沒事。」

「嗯。」我點了點頭。

「你們為什麼會分手？」

梁禹皓和那個女人親吻的畫面又湧了上來，我垂下眼，不想回答這個問題。雖然說不至於痛不欲生，但背叛的難受，還是叫人難忍。

「下次再說好嗎？」

「好，那妳有事的話，記得要叫我喔！我去打個電話。」

「嗯。」

李宜樺站了起來，走了出去，在她出去之前，我可以感受到她擔憂的眼光落在我身上，怕我想不開吧？

不過為了這種事，值得嗎？

我不知道我可以看的這麼開，梁禹皓是個好人，平常我們也還不錯，沒什麼激情，也沒什麼驚天動地的過程，我以為男女朋友就是這樣子了，怎麼也想不到分手一途，還是帶給我不小的震撼。

然而因為失戀而自殺的話，我還是感到不值，我並不想把我的性命耗在一個背叛我的人身上。

我腦袋沉沉的，無法釐清目前的思緒與情緒，看來我還得再吃一包藥，才能把我的感冒治好。

※　　※　　※

我和李宜樺不僅是室友，更是同所大學的同學。我們所租的房子，就在S大附近，一層有三房兩廳，價格比附近的宿舍便宜，但人卻沒有住滿，我曾經疑惑過，但卻沒有深究，反正房租便宜對我們是好事。我和李宜樺就是一個人住一間房間，另一間空房還沒有租出去。

既然在學校附近租屋，理所當然，在這附近租房子的幾乎都是我們學校的學生。

聽房東說過，我們這間八樓公寓，除了住了兩個上班族之外，其他的都是我們學校的學生，不過我從來也沒見過他們。

更正確的說法是，即使見了面，我仍然無法知道他是誰、住在哪一樓，我沒那麼雞婆去問他人隱私。

我胡思亂想的看著樓下，從八樓高的公寓屋頂上看下去有點恐怖。

雖然梁禹皓不值得我為他做傻事，但是那事還是帶給我不小的影響，這幾天我的心情都很亂，連學校也沒有去，所以我就跑到屋頂上散散心。平常我們也會上來晒晒棉被或衣服什麼的，頂樓是個很好的利用空間。

砰！

什麼聲音？

我回過頭一看，屋頂的安全門竟然被關上了！

啊！這可怎麼好？這安全門一旦關上的話，不從裡面是沒辦法打開的，我趕緊跑到安全門前面，用力拉了拉，門扉紋風不動。

怎麼辦？這樣我怎麼下去？我用力敲了敲門，還是沒有動靜。

我開始焦急起來，本來心情不好，想說到屋頂上吹吹風、散散心的，沒想到竟然碰上這種事，我真是衰透了。

有人嗎？在人在裡面嗎？

我想放聲大叫，但我知道這是不可能的事，誰會無聊到跑到屋頂上來？只有我這個失戀的女人，才會在這個時候到這裡來……

喔！我真是衰透了，倒楣的事情接二連三的發生，難道人失戀，連喝開水也會嗆到嗎？喔！我的霉運要到什麼時候才會結束？煩死了！

正當我怨天尤人之際，忽然想到，我有隨身攜帶手機的習慣，那我可以找李宜樺救我呀！

雖然李宜樺現在正在上課，但我顧不了那麼多了，手忙腳亂的從身上摸出手機，我找到她的號碼，開始撥她的手機，問題是響了十幾聲，怎麼沒人接？

我不死心，繼續撥，撥了十來分鐘，終於接通了。

「喂！宜樺，妳在哪裡？」

「茵茵，妳找我這麼急幹什麼？我當然在教室啊！現在是下課，我才有辦法回電，什麼事？」

李宜樺今天早上有課，一早就出去了，而我則是為了避開和梁禹皓見面，這兩天都沒去學校。班對就是有這個問題，如果出狀況的話，很容易被人發現，就連分手也太沉重，下次我要選擇對象的話，一定不要選窩邊草。

「宜樺，我……我現在宿舍的屋頂上……」

「屋頂？妳跑去屋頂做什麼？」李宜樺尖叫了起來，我將手機拿遠一點，避免震破耳膜。

「我只是上來散散心……」

「茵茵，妳不要想不開，千萬不要做傻事，人生還很美好，妳不要為了一點小事就輕生……」

「小姐，」我冷冷的打斷她的話，她的語氣未免太過驚恐。「我如果要自殺的話，幹嘛還要打電話向妳求救？」

電話那頭傳來一陣沉默，大概十幾秒後，才聽到：

「喔……」

「我不是說過我不會自殺的嗎？」

「沒辦法，社會新聞看太多了嘛！」李宜樺有些赧然的道。

「要是失戀一次就自殺一次的話，那人一生不是要死好幾次？」

「也對啦！我想說，看你和梁禹皓好像很好的樣子，妳跟他分手，我才怕妳會想不開……」

有很好嗎？那我為什麼沒有想像中失落？

我只是想上來吹吹風、散散心，難不成我要是跑到海邊的話，會被人以為投海自盡？

我搖搖頭，不想再想起和梁禹皓有關的事情。

「妳什麼時候會回來？」

「我下午還有兩堂課，現在也沒辦法回去……啊！對了！我找人救妳，他應該在家裡。」

「誰？」

「住在我們樓上的，妳等我一下喔！」她掛了電話。

我們樓上的？誰啊？

我跟李宜樺住五樓，平常都以電梯代步，至於樓上還有誰？我也從來沒認真去記，李宜樺要找誰啊？

我腦袋沒來由的亂轉，想不起來有誰？樓上？我向來沒有敦親睦鄰的好習慣，可想而知，我也不是什麼好鄰居，連樓上住的有誰都不知道，難怪只能一個人跑到屋頂上沒人理。

而此刻被鎖在門外，這時突然感到風好強，把我的頭髮都吹亂了，剛才還沒什麼感覺，現在感官知覺像是全都回來了，我看著遼闊的天空，綿延的白雲，剎時覺得孤寂……

喀啦！

有人來救我了，我開心的望著被推開的門扉，等對方一打開，我就迫不及待的道謝：

「謝謝……」

門打開了，來的是個男生，我看到是一張面容方正，看起來似乎是個相當嚴肅的人，他的皮膚略黑，而那雙眼睛又特別的明亮，當我看到那雙猶似會灼人的眼睛，心頭沒來由的跳了一下……

「不好意思，我剛剛不小心，被鎖在門外了。」

對方看著我，沒有說話，我則因他的反應，而有點不知所措。照理說，一般人在這個情況下，多多少少都會說幾句話吧？而他一個字也沒有，只是將安全門推開，並將角落的插栓定在地上，沒有說話。

「謝謝……」我再度道謝，他還是沒有動靜，我也不知道該說什麼。

那個男生只是站了起來，走到屋頂邊緣，無所謂的看著遠方。

對方沒有說話，我也不知道該怎麼繼續下去，我不是個不善說話的人，只是有點被動，如果再碰到同樣的人……好尷尬……還是離開好了。

為了避開那股奇怪的尷尬氣氛，我向樓下走，離開之前，忍不住又朝了那人望了一眼。

※　※　※

「宜樺，妳今天找來救我的，那個人是誰啊？」李宜樺回到家，我好奇的問道。

「喔！妳是說李宸凌嗎？」

「李宸凌？」

「對啊！他是住八樓的。」

「八樓？」

「對啊！李宸凌住八樓，七樓是郭維寬，六樓的是路行凱…」李宜樺如數家珍的念出同大樓的人名，我訝異的打斷她的話：

「等等，妳怎麼認識這麼多人？」

「大家都住在同一棟大樓，當然多少都會見面，久了就熟悉囉！」李宜樺一副理所當然的樣子。

「喔！」是嗎？我怎麼不會？

「而且這裡除了三樓跟四樓的，住的是上班族之外，二樓是兩個女生，也是我們學校的，其中有一個還跟妳同系呢！」

李宜樺一連串講了這麼多，我有點混淆。

「好了，妳別講那麼多，我記不住。」

「大家都住這麼久了，難道妳不知道嗎？」李宜樺有點訝異的看著我。

「有的是見過面啦！不過因為不清楚，所以名字和臉蛋兜不起來。」我沒像李宜樺那麼外向，也懶得去經營人際關係。

「妳要是用心點，很快就會認識了。對了！」李宜樺的眼睛突然一亮，我覺得怪怪的⋯⋯

「樓上那幾個男生，都還不錯，妳要不要跟他們認識一下？」

「認識他們幹嘛？」我警戒心大起。

「看有沒有機會，大家做個朋友啊！」

「不用了！」我不用猜也知道李宜樺在想什麼，她一定是看我剛分手，好心替我介紹男朋友，不過我現在對於男生……還是保持距離，要談戀愛，以後再說吧！

「哎喲！大家只是做個朋友，妳緊張什麼？難道妳要因為一個梁禹皓，就放棄了交其他男朋友的機會？」

我抿著嘴，沒有說話。

「天涯何處無芳草？既然妳跟梁禹皓分手了，總是要為自己找個新的出路，那再談一場戀愛，又有什麼關係呢？」李宜樺說得頭頭是道，只是我現在沒那個心情。

「改天再說吧！」

「茵茵，妳不要因噎廢食嘛！談戀愛是很棒的，妳不要因為這樣就放棄談戀愛，還是有很多很好的男生啊！妳沒有聽過，下一個男人會更好？妳不要一朝被蛇咬，十年怕草繩，改天我介紹我表哥給妳認識……」

「停！」我伸手阻止了她。「我並沒有說我不想談戀愛，只是現在太快了，叫我現在再交一個男友的話，對他也不公平吧？感覺我只是為了彌補過去的傷害，才找上他而已。所以……現在不是時機。」

李宜樺張口想要說什麼，卻又欲言又止，最後：

「好啦！隨便妳。」

第二章

經過幾天休息後，我的心情也平靜多了，總算可以去上課了。翹課翹了這幾天，感覺很是心慌，怕課程跟不上別人，所以回到班上，我難得認真的聽課，想要彌補先前的時光。

上完課後，我跟同班的戴可伶借了課本，抄上一次沒上到的重點。正當我埋頭苦抄的時候，有人拍了拍我的肩膀：

「茵茵。」

這聲音……我身體一僵，手不自覺得緊握，不用看，我就知道是梁禹皓。收起桌上的東西，站了起來，看也不看就往前走。

「茵茵，等一下！」

梁禹皓跑到我面前，攔住了我。原本尚稱得上斯文秀氣的臉蛋，此刻我卻覺得他

第二章

醜陋無比，真不知當初怎麼會看上他？

「茵茵，妳這幾天怎麼了？我都找不到你？」

我看著他，冷冷地，沒有說話。

他打我手機，我故意不接，打到宿舍電話，大部分都是李宜樺接的，她也替我擋掉了。

他也沒有來宿舍找過我，或許我們之間，早就沒有感情。

「茵茵，妳怎麼了？」大概是我的表情嚇到了他，梁禹皓的表情布滿擔憂，做作！

「走開！」我不想在教室罵人，而且還有同學在旁邊。

「茵……」

「不要叫我！」唯恐在教室裡被人看笑話，我趕緊走了出去，還有離開那個惹人厭的討厭鬼。

我快步的走著，沒想到梁禹皓又追了上來，還抓住我的手。

「茵茵，我不管，你一定要告訴我到底發生了什麼事？」梁禹皓急切的問，我冷哼一聲：

「你自己知道。」

「什麼？」

他的表情一愣，一點都沒有心虛的樣子，而且兩眼露出疑惑，讓我心軟，連態度也要軟化了。

不，不可能，他一定在演戲。花心的人不都這樣子嗎？花言巧語是最常用的手段。

我繼續往前走，耳邊卻傳來：

「茵茵，等一下！妳跟我把話說清楚！」他口氣相當不悅，我也好不到哪裡去。

「沒什麼好說了。」我不知道還要跟他說什麼？聽那不堪的事實嗎？反正我已經知道了，也不用他再跟我解釋。

我最難過的，是他破壞了我對愛情的憧憬、信任。

或許我是對自己失望，對自己的選擇感到後悔，因為他破壞了我最純潔的愛情，所以我不單對他生氣，更懊惱的其實是自己，怎麼那麼傻？

「茵茵！」

我自顧自的往前走，不再理他，連我自己都無法面對自己，怎麼面對梁禹皓？

※　※　※

離開了學校，我回到了租屋的地方，免得在學校又碰到不想碰的人。我也不想看到其他同學「關愛」的眼神，我和梁禹皓不合的事，大家都看出來了吧？要不然大家不會對我保持距離，甚至欲言又止。

戀愛真是個麻煩的東西。

我嘆了口氣，拿出鑰匙，我打開大門，走了進去，按下電梯，看著電梯指示燈在八樓，等著他降下來。

「妳是李宜樺的室友？」一個聲音響起，我轉過頭去看。

那是一個很亮眼的大男孩，濃眉大眼，外型出眾，是讓人看了一次就不易忘記的男孩，我以前有看過他，不過從來沒跟他講過話。他主動跟我講話，讓我相當訝異。

「對，你是……」

「我是路行凱，妳的感冒好一點了沒？」

「喔……好了，謝謝。」被他這樣一問，我有點不好意思，心裡也奇怪：「你怎麼知道我感冒？」

「李宜樺跟我講的。」

他是那個黑影，幫我的頭上放毛巾的那個人嗎？思及至此，我的心頭不禁湧過一股暖流。

「謝謝。」對他的關心，我還是感謝的。

我仔細的看著他，他跟那個黑影似乎有點不同，不過那天我發高燒，意識又模糊不清，當然會有點不同了。

「妳是那裡人？」

「臺南……」

「妳是南部人啊？我住在臺北，考上了這裡，我家裡還不肯讓我自己住外面呢！

要不是我今年一直跟家裡抗爭，根本沒有辦法搬出來住。」這個路行凱看起來相當活潑，我都沒有問他這些問題，他就自己提供答案。

「喔……」

「我住在六樓。」

「我知道……宜樺講過。」我像怕被他誤會什麼，趕緊解釋著。幸好這時候電梯到一樓，門開的時候，我趕緊進去。

「有空的時候，上來坐坐。」

「喔……好。」

路行凱的熱情讓我有些不安，我有點侷促，低著頭看著地上，不知道要說什麼話來化解這尷尬？還好我是住在五樓，不是十五樓，尷尬忍忍就過去了，很快五樓到了，我走了出去，還聽到他在後面傳來：

「再見。」

我想回頭跟他再見時，門已經關上了。

我鬆了口氣，也有點失落……他是我發燒的時候，照顧我的那個人嗎？雖然這時候不想碰男孩子，但想到他做的事，心底感到一陣溫暖……

下次見到他時，或許我可以試著跟他開口。

※　　※　　※

「茵茵，起來。」

我躺在床上，正在睡午覺，卻被李宜樺吵醒，我迷迷糊糊的睜開雙眼，看到她站在我面前。

「什麼事？」我有點囈語似的回答著她。

「晚上我們上去吃晚飯。」李宜樺喜滋滋的道。

「什麼？」我還有點搞不清楚狀況。

「就是那個路行凱啊！他說今天晚上想吃火鍋，看妳有沒有空，大家一起吃個飯。」

我試著爬了起來，清醒一下腦袋。

「路行凱？」

「對啊！就住六樓的。」

「他為什麼要請我們吃飯？我們自己在這裡吃不就好了？」又不是熟人，硬要聚在一起，多尷尬？

「每天都吃便當，要不然就是自助餐都膩了，他說他那邊有電磁爐，要請我們吃火鍋。」

「給他請？不好吧？」我們又不是很熟。

「有什麼不好？大家都住在同一層樓，連絡一下感情也好，他的意思是把七樓跟八樓的全找下來，還有樓下那兩個女生，也一起找過去。」

「會不會太浩大了？」吃個飯搞成這樣？

「不會啦！吃火鍋就是要多一點人吃才好吃，剛好這兩天天氣有點涼，吃火鍋最好了。我答應他陪他去買火鍋料，回來的時候就直接上樓煮火鍋喔！」李宜樺特別吩咐著。

「可以嗎？」我有點不安。

「人家都不介意了，妳擔心什麼勁？不這樣子的話，妳怎麼多認識幾個人？要交朋友的話，也不能成天待在家裡對著螞蟻蚊子吧？」

李宜樺說的話也有道理，我自己的缺點我知道，我太悶了。

「就這樣子了。」李宜樺繼續說：

「待會我跟他一起出門的時候，會去找樓下那兩個女生，她們好像都在家，晚上的話，應該會很熱鬧。」李宜樺開心的道，她這個人最喜歡熱鬧了。

「好。」就算我反對的話，到時候李宜樺還是會過去把我抓過去的。

「那我先出去囉！掰掰！」

「掰！」

※　　※　　※

所以我還是來到了六樓，和一群人聚在路行凱的家裡。

由於整棟樓格局是一樣的，所以路行凱的住處和三樓是一樣的，再加上他一個男生住在三房兩廳，顯得有點冷清，難怪會找我們過來。

這裡的租金便宜，又以租出去的房間來計算，所以不論是找人作伴，同租一樓，或是愛寧靜，自個住一層，都很划算。對還是學生的我們，能找到這樣的房子，真是滿幸運的。

先來的已經有兩個女孩子，正在幫忙煮火鍋，而李宜樺正在廚房洗菜，我有點晚到，反而有點不知道該做什麼？

「紀承茵，這個給妳。」路行凱塞了一個碗給我。

「呃……謝謝。」

沒事情做就有東西吃，有點不好意思，看著大伙熱絡的樣子，我反而有點格格不入。

「來囉！來囉！菜來了。」李宜樺拿著白菜、金針菇和芋頭過來。「好了，可以丟下去了嗎？」

「丟啊！」一名長髮的女孩說著。

李宜樺將菜丟了一半下去火鍋裡，然後坐了下來。「對了，我還不知道妳們的名字？可以說嗎？」

「可以啊！」長髮女孩笑著。「我叫林雅宣，住在二樓。」

「我是杜明珍，跟雅宣住在一起。」

這裡一樓是住房東，二樓是林雅宣和杜明珍，五樓是我跟李宜樺，六樓是路行凱，而另外一個男孩則拿著汽水倒在杯子裡，一一發給大家。

「我叫郭維寬，住在七樓。」

郭維寬長得很斯文，和路行凱是不同的類型，不過他看起來很親切，給人很不錯的感覺。

「咦？八樓的沒下來嗎？我去叫，你們先吃。」路行凱發現少了一個人，馬上衝去外面。

「行凱上去了，我們先吃吧！」李宜樺像個女主人似的招呼著。

「好啊！」

杜明珍和林雅宣都比我大方多了，兩人為大家服務，我只能呆呆坐在沙發，等著她們拿東西給我。

「啊……謝謝。」

「不客氣。」林雅宣朝我笑了一笑，安了我的心。

我向來不知道該怎麼主動和人相處，和李宜樺也是因為同時站在看板前看租屋消息前，硬被她拉去當室友的，要不然我還不知道要怎麼交朋友？而我也常藉著李宜樺，接觸更多的人群。

有這個朋友，我是很幸運的。

「紀承茵，妳好像比較內向喔？」林雅宣看著我，一雙星鑽般似的眼睛看著我，我有點心慌……

「我……」

「對啊！茵茵她就是有點內向，所以我才把她帶出來見人，要不然整天窩在家裡，不知道要做什麼。」李宜樺在旁邊插話。

我不好意思的朝大家笑了笑，不知道怎麼辦。

「有空的話，可以到我們那邊坐坐啊！紀承茵，我跟妳一樣，都是英文系的喔！」杜明珍說著，我有點訝然。

「真的？」

「對啊！我是妳隔壁班的，對了……」杜明珍看著七樓的半晌，才道：「郭維寬，你是微生物系的嘛？」

「妳怎麼知道？」郭維寬有點驚訝。

「有次你回來，我看到你手上的書，就猜你應該是微生物系。那八樓呢？他讀什麼？」杜明珍好奇的問道。

「李宸凌是會計系的。」李宜樺公布答案，看來她把這裡的人都打聽得很清楚了。

一陣腳步聲傳來，我往門口看，見到路行凱帶著一個男生回來，那不正是那天在屋頂上救了我的那個男人嗎？我有點訝異的看著他。

李宸凌幾乎是被路行凱推了進來，路行凱叫著：

「這個李宸凌真難請，剛剛我去的時候，他還在用電腦，不肯下來，我威脅要把他的電腦關了，他才答應跟我走。」

李宸凌瞪了路行凱一眼，似乎有點責怪他的意思。

隨後他的視線在客廳流轉，是我太多心嗎？為什麼我覺得他的視線落在我身上，就定了下來，讓我覺得不太自在……

「坐吧！」路行凱壓著他坐了下來，將免洗碗筷遞給他。「自己盛喔！」

「謝謝。」

我終於聽到李宸凌的聲音了，有點像是空谷的回音，渾厚有力又清亮，唱歌的話一定很嘹亮……

咦？我在幹嘛？想這麼多做什麼？

「好了，都到齊了……你們已經先吃了？」路行凱看著我們，不服氣的道。

「不行嗎？」李宜樺睨了他一眼，她和路行凱一定很熟，兩個人才能這樣肆無顧忌。

「行、行，怎麼不行呢？東西買來就是要請人吃的啊！開動。」路行凱拿起自己的筷子，往湯裡夾食物，被李宜樺出聲制止：

「這裡有公筷！不要亂夾。」

「我還沒吃，沒關係啦！」

「不行！」

在李宜樺的威脅之下，路行凱只好拿公筷夾食物，我則有趣的看著他們，如果我也可以跟李宜樺那樣大方就好了。

我發現李宸凌都沒有盛食物，連飲料也沒有，便主動將我還沒喝過的杯子放到他面前。

「謝……謝謝。」

「不客氣。」

看起來這個李宸凌比我還內向，我也許是不多話，不過比我還文靜的，是少之又少。

不過他的視線讓我覺得很奇怪，他又不說話，每當眼神經過我身上時，總是會多留幾秒鐘，瞧得讓人心慌意亂……

「茵茵，妳的汽水給李宸凌喔？」李宜華忽然說話。

「對啊！」

「我也沒有汽水，妳怎麼沒有給我？」

「呃……是、是因為上次我被困在屋頂，是他救了我的。所以……」被李宜樺刻意點出，好像我對李宸凌別有用心，讓我兩頰不由得熱了起來。

「原來如此……嘿！路行凱，我不是說過那個蛋餃我要吃的嗎？」李宜樺突然大叫起來。

「蛋餃又沒寫名字。」路行凱將蛋餃送入嘴巴。

「啊！還我。」

「鍋子裡還有，妳自己盛。」路行凱避開李宜樺的攻擊，挨到我身邊來。「紀承茵，要不要我幫妳盛？」

「呃……我自己來就好。」我受寵若驚。

「沒關係，我來幫妳盛。」路行凱不由分說，就幫我盛了滿滿的火鍋料，不管熟的還有沒熟的，看得我目瞪口呆。

「等一下，這麼多，我吃不完啦！」

「吃不完我幫妳吃啦！」路行凱隨口說，我則因為他這話而心跳了一下！

我跟他並不是很熟悉，路行凱的話總讓我有些不知所措。

「她吃不完也不用你幫她吃，小心吃太多肚子痛。」郭維寬抬了抬他的細框眼鏡，嘴角似笑非笑。

「放心，我是大胃王，不怕吃的。」路行凱拍了拍他的肚皮。

「話別說太滿。」

被路行凱這樣一鬧，我和李宸凌間的尷尬頓時消失，我看他的頭低了下來，喝著我給他的汽水。

其實，參加這樣的聚會也不錯，人好像也因為熱鬧的氣氛而開朗起來。

※　※　※

吃過一次火鍋之後，整個大樓的人，似乎熟了起來。有時候見到面，都還會打聲招呼，講講話，就算我不主動開口，他們也會跟我講話，讓我的膽子越磨越大，也會懂得跟對方打招呼。

曾經心頭纏繞的灰色雲霧，好像慢慢消失了，我慢慢的變得放開心胸。

「嗨！」

我站在電梯前準備下去，電梯門開了，裡面是住七樓的郭維寬，他向我打招呼，我也跟他示好。

「嗨！」

「去上課啊？」

「對啊！」我手上拿著一本厚厚的原文書，走了進去。

因為這本原文書實在太重，所以一般來說，我都是拿在手上，不像其他幾本書還可以放在背包一起帶走。

「妳的書這麼重？要不要我幫你拿？」郭維寬將我的書從我手中拿過去。

「不用……」

「沒關係，反正我也要去學校。」

「謝謝。」人家都這麼說，再拒絕也很奇怪，我只好跟他道謝，等著電梯到達一樓，兩人一起出了大門。

才剛推開大門，門外正好有人，嚇了我一跳。

我一看，原來是八樓的李宸凌，他看了我和郭維寬兩人一眼，臉上好像有什麼表情，我抓不住。不過也不以為意，和郭維寬先行離開。

「你們要去哪裡？」

我轉過身，是李宸凌在跟我們講話嗎？這巷子裡除了我們三個人之外，沒有其他人。

「去學校啊！」郭維寬回答著。

「有必要一起去嗎？」他的語氣有些惡劣。

「我們剛好遇到，要一起走，不行嗎？」郭維寬不服氣的道，我看他們兩人有點不對，趕緊跳出來打圓場：

「李宸凌，你有什麼事嗎？」

「沒、沒什麼。」他忽然結巴起來。

「沒事的話，我們要走了。」真是奇怪的人，我往前走，郭維寬也快步跟了上來。不過走了幾步後，我覺得背後怪怪的，轉頭一看，李宸凌還站在原地，一直看著我倆，看著我全身起雞皮疙瘩，不知道他想幹什麼？

「他在看什麼？」我忍不住問道。

「我也不清楚，那個人有點怪怪的，妳小心一點就是了。」

聽郭維寬這麼一說，我心裡更毛了。

「是喔……」

「沒關係，有什麼問題我會幫妳的。」郭維寬熱心的道。

「謝謝。」

還好身邊還有這些好人，所以多認識些人還是不錯的，我加快腳步，還是擺脫不了那奇異的感覺，我往回看，李宸凌還在原地，用他那雙精銳的眼睛，看著我們……

※　　※　　※

由於隻身在外，所以伙食都得自己張羅，有時候我們會在宿舍煮點簡單的東西來吃，如果在學校的話，校內的餐廳是最好的選擇。

不過餐廳通常人滿為患，所以如果我沒事的話，寧願等到人群散的差不多之後，才去買自助餐，也只有在這時候，比較容易找到位置，至少比手中端著餐盤，四處張望卻沒處落腳的窘境來得好。

不過也有個缺點，就是菜色都被夾得差不多了，所以可選擇性相對就少，就像我想吃的咖哩已經沒有了，無可奈何，只好隨便夾了些青菜豆腐炒肉絲，能填飽肚子要緊。

我拿著餐盤，還在考慮要拿什麼主菜，是剩下的雞排，還是魚排時，一個聲音在我身邊響起：

「那個郭維寬，妳最好少跟他接觸。」

我一轉身，一個身影靠近我，我覺得壓力頗大，定眼一瞧，竟然是李宸凌？

關於李宸凌，我對他的認識其實不多，他卻說出這句話，令我相當訝異。

「為什麼？」

「妳盡量少和他講話就是了。」李宸凌說著，拿著餐盤往角落的方向走，明明餐廳位置很多，他卻選擇偏遠的位置。

他為什麼會突然跟我講這個？郭維寬是怎麼了？為什麼李宸凌要我防著他呢？而且在這之前，郭維寬也要我小心李宸凌一點，他們兩個是怎麼回事？

「紀承茵，妳在幹嘛？」

我正在思考要不要上前去問清楚時，戴可伶的聲音傳了過來，我回頭一看，她手上也端著剛盛好的餐盤。

「沒、沒什麼。」

「妳也現在才吃飯啊？我們一起坐吧！」

「好啊！」

不好推辭戴可伶的邀請，我按下想上前詢問的欲望，拿著餐盤向結帳區走去，然後找了個位置和戴可伶吃了起來。

第二章

第三章

周末的日子，我百般無聊的坐在書桌前，不知道要幹什麼。昨天忘了去圖書館借書，要不然現在好歹有點東西來殺時間。

以前每到周末，都是跟著梁禹皓出去的，現在，只有一個人。

其實他有來找過我兩次，我不想見他，都叫李宜樺出去幫我跟他講，就連電話也不想接。現在的我，只想做我自己。

「茵茵！」李宜樺蹦蹦跳跳的走了進來。

「什麼事？」

「妳下午有事嗎？」

「沒有啊！」

「那我們下午去看電影吧！『神鬼奇航』聽說滿好看的，裡面的強尼戴普其實是個大帥哥，卻老是演一些奇奇怪怪的角色，不過他演的電影都很不錯，我們去看海盜吧！」

李宜樺顯得很興奮，她對什麼事都充滿了熱情。

我想想出去也好，要不然成天窩在家裡，也不知道要幹什麼，雖然客廳有電視，但我可不想成天對著它發呆。

「好啊！」

「那太好了，我等一下去跟行凱講一下……」李宜樺邊說邊出去，我聽她講到路行凱的名字，覺得有點不對，連忙喚住了她：

「等一下！」

「什麼事？」李宜樺人在門口望著我。

「我們要去看電影，關路行凱什麼事？」

「一起去看呀！看電影人多才有趣嘛！還有李宸凌也會去。」

「李宸凌？」我皺起了眉頭。「連他也要去？」

「不行嗎？」李宜樺奇怪的望著我。

「不是……」李宸凌那個人感覺不是很容易親近，我和他見過幾次，他不是沉默，就是那雙眼睛……總讓我有些心慌的感覺。

不過我不想讓李宜樺知道我的想法，免得她覺得我對他成見：

「妳幹嘛要約男生出去看電影？有什麼目的？」

「沒有啊！」她的表情好無辜。

「要看電影，妳找方斯奇我可以理解，但妳為什麼要找樓上的男生？妳不是為了我才找他們出來吧？」我認識李宜樺不是一天兩天的事了，她在想什麼，我多多少少能猜到。

「沒有啊！我只是想說大家一起出去看電影，沒有其他意思，妳自己想太多了。妳剛剛答應我了，那我們就看下午的第一場，先這樣囉！」李宜樺一溜煙的跑走，還說沒有其他目的？

我對她極力想撮合我和其他男孩子的目的，感到相當無奈，不過她提到李宸凌，我就去一趟吧！

我不是對李宸凌有興趣，而是想問清楚，他昨天在餐廳講的那句話，到底是什麼意思？無緣無故的，他幹嘛對我講那句話？難道……李宸凌和郭維寬，兩人之間有什麼心結？

※　　※　　※

我們提早到了電影院，不過人還是很多，看來這部電影真的很有魅力，才會吸引這麼多人前來。

「你們男生先去買票，我們去買吃的。」李宜樺建議。

「好啊！」路行凱回答著，而李宸凌則沒有講話。

從我認識他以來，大概沒有聽過李宸凌講超過十句話吧！他依舊一臉冷淡，沒有反應。

「茵茵，我們走。」李宜樺拉著我走開。

由於不想錯過這部電影，所以我們連午餐也沒吃，就直接跑到電影院來，想說買點滷味之類的小吃，等一下可以在電影院大啖美食。

我跟著李宜樺到了攤販前，開始挑選滷味。

「茵茵，妳要吃什麼？」李宜樺問道。

「隨便。」

「妳這樣我很難買耶！」

「反正妳買什麼我吃什麼。」

「好，那就讓我決定囉！對了，妳覺得李宸凌怎麼樣？」李宜樺眼睛雖然看著滷味，不過問題卻是針對我，她開始出招了。

「還好。」

「妳對他……沒有什麼感覺嗎？」

「有什麼感覺？」我反問她。

「就……沒有啦！妳要吃什麼？雞腳好不好？這家的滷味不錯喔！可以多吃一點。」李宜樺將重心擺到食物上，我也不再和她聊下去，反正我早就知道她找我出來，別有用心的。

除了滷味，我們還買了水果、蜜餞，挑了不少食物，又到便利商店買了一些飲料，我們才回到男生那邊，路行凱笑盈盈的迎接我們。

「這是妳們的票。」他將手上的票一個人都發一張，我接過他給我的票，放進口袋。

「沒有買錯喔？」李宜樺冒出很奇怪的話。票不都是一樣嗎？

「我辦事，妳放心。」

我沒有在意他們在講什麼，反正這兩個人講話，向來很無厘頭，電影就要開演了，我們跟著人群，通過票口，走到電影院裡面。

電影裡面黑壓壓的，看不清楚，我緊挨著李宜樺，以免走散。

「二十七排十一、二十七排十二……」李宜樺在我耳邊唸著，我知道她唸的是她手中票上的位置。由於我們是從後面入口的，所以椅子排列的順序，是越來越少的。

已經進來了，我也把票拿出來，藉著昏暗的燈光細看……

十七排十一？

「好了，我到了，茵茵，我先去座位了。」李宜樺放開了我的手，和路行凱進到了第二十七排的位置。

我在她要進去之前，連忙抓住了她。

「這是怎麼回事？」

「什麼怎麼回事？」

「你們位置怎麼那麼遠？」我把我手中的票亮給她看。

「人很多啊！妳沒有看到？要在一起的位置很難買，有買到就很了不起了。好了，妳快跟李宸凌過去坐吧！」李宜樺不由分說，把我推開，逕自走進自己的位置，而此刻有其他人在找位置，拉開我和李宜樺的距離。

什麼嘛！真是太過分了！

而在這個時候，我才知道進電影院之前，李宜樺和路行凱那段奇怪的對話，是什麼意思？

他們想把我們湊成一對，還做得這麼明顯？

而我早知道她的目的，竟然還中招？未免太笨了！雖然我不反對跟其他男生交往，但是利用這種手段逼迫，還真讓人有點招架不住。

「走吧！」

李宸凌的聲音在我頭上響起，我抬頭看了他一眼，藉著昏暗的燈光和漆黑的空間，對他，竟然有股奇異的熟悉感……

我跟他也稱不上陌生，但此刻曖昧的距離，卻讓我的心頭劇動起來……

幽暗的空間，眾多人群的呼吸都在這裡，需要的氧氣彷彿減少，我努力的呼吸，卻仍有些昏沉，意識有些渙散……

「妳怎麼了？」

步伐一個踉蹌，我差點跌倒，李宸凌卻在我跌倒之前扶住了我，猶如未卜先知似的。我離開他的身體，因缺氧而有些暈眩。

「沒、沒事。」

雖然燈光昏暗，我仍清清楚楚的看到李宸凌的眉尾上揚，他的臉在我面前放大，讓我很難忽略他……

「走吧！」

「喔……對、好。」我已經不知道自己在說什麼了，跟他在一起，我感到全身都不對勁。並非我討厭他，而是跟他單獨在一起，覺得特別彆扭，由其是這種變相的相親。

而此刻人越來越多，我如果不再回到自己的位置，只會成為中途的障礙物。我跟著李宸凌，找到自己的位置，而李宸凌也在我身邊坐了下來。

銀幕出現的是其他電影的廣告，跟「神鬼奇航」無關，我的注意力也還無法集中，都放在李宸凌身上。

我故意忽略他帶給我的影響，對於他在學校餐廳講的那句話，印象深刻。

他跟郭維寬，到底有什麼心結，為什麼彼此都存著戒心？而且還要我小心一點呢？如果是他們的問題，應該是直接找對方就好了，為什麼要對我講呢？我跟他們之間，其實並沒有太多的關係。

層層的疑問縈繞於心，我有點遲疑，最後還是問出口了：

「那天在學校餐廳，你講的那句話，是什麼意思？」

李宸凌的表情一動，很快又平靜了下來，快速的令我猜不透他的心思，到底在想什麼？

「妳離他遠一點就是了。」雖然環繞音響吵雜，但是我還是聽到他的聲音。

「為什麼？」

「他……妳不適合他。」

「你在說什麼？」我聽得莫名其妙。

「聽我的話就對了。」

我不適合他？什麼意思？我跟郭維寬又沒關係，適不適合又是什麼意思？李宸凌講的話令我摸不著邊際。

「我還是不懂。」

「電影開演了。」

他還是拒絕和我解釋，我覺得相當迷惑。有點像是困在蜘蛛網上，明明線薄弱得一扯就斷，卻解不開這個謎團。

我正在想要怎麼讓他說明時，忽然感到他全身僵硬起來。

我驚訝的望著他，但是燈光本來就不明，再加上銀幕上的影像跳躍，造成他的臉色忽明忽暗，竟然讓人覺得悚懼……

「你怎麼了？」

「沒事。」雖然他說沒事，但我覺得他的語氣也不對勁，臉部的肌肉也十分緊繃，發生什麼事了嗎？

電影銀幕上正在播出神鬼奇航，並沒有什麼驚險刺激的片段，不過我可不認為這會讓他緊張起來。

李宸凌突然站了起來，我驚訝的望著他，他一句話也沒說，就離開座位，我想要喚他，但電影院又這麼多人，出聲實在不好意思，而且現場人聲吵嘈，就算我叫了，他也聽不到吧？

然而李宸凌的舉止實在太奇怪，而我的疑惑又還沒得到解釋，眼看李宸凌越來越遠，就要走出電影廳，我也不知道那來的勇氣，放棄口碑良好的神鬼奇航，跟著他跑了出去。

李宸凌並不是往廁所的方向，而是從出口離開，這跟令我傻眼了！好端端的電影不看，就離開了？

而更令我不敢相信的是，我竟然也離開電影院，只為了找出他，以解開我的謎團。

經過售票亭，出了電影院後，我就看不到他了。

這傢伙是怎麼回事？腳程這麼快，一下子就不見了？更重要的是，到底發生了什麼事？讓他在電影開演不到五分鐘，就中途離席？如果他不看這場電影的話，為什麼要來？難道他只為了跟我講兩句話才來電影院？

還是……發生了其他事？

種種的疑惑在我心裡逐漸發酵，充斥成一片迷霧，明明淡薄的伸手就可以穿破，但我卻抓不到答案……

※　※　※

「茵茵，妳今天是怎麼回事？」

李宜樺一回到家，就劈里啪啦的朝我開罵：

「難得今天去看一場電影，結果妳是怎麼回事？電影開演不到三分鐘，妳就跑走了？」

「又不是只有我一個人離開……」我辯解著。

「對啊！我知道，我在你們後面都看到了。還是……你們兩個講好，要到哪裡去幽會？」她的聲音突然曖昧起來，臉上布滿笑意，前後喜怒的表情差距離之大，變化真是快。

「沒有啊！」

「那你們兩個去哪裡？」李宜樺不可思議的看著我。

「沒有啊！出了電影院後，我就去逛街，然後就回家了。」找不到李宸淩，再回去電影院，工作人員也不讓我進入，我只好自己回來了。

「妳竟然自己跑回來？」李宜樺看起來想要跳腳。「那李宸淩呢？」

「不知道。」

「不知道？那你們兩個到底幹嘛去了？」

「我跟他沒有關係好不好？倒是妳，不是說只是去看電影而已嗎？幹嘛把我們倆個的位置放在一起？還這麼關心我們兩個去哪裡？位置的事，是不是妳安排的？」我忽然變得伶牙俐齒起來，反將她一軍。

「我……沒有啊！」

「還說沒有？要不然買票怎麼會這麼巧？竟然可以買到不同的位置？就算是不同的位置好了，為什麼還隔那麼遠？妳是不是想把我們兩個湊一對？」我連聲質詢，只見李宜樺的表情越來越心虛。

「被妳發現了。」她倒也相當坦白。

我翻翻白眼，無奈的道：

「我不是說過了，我現在不想交男朋友嗎？」

「就算不交男朋友，多認識幾個朋友，不是也挺好的嗎？不要一上大學，就死會了，總是要多交幾個，才知道好壞嘛！像那個梁禹皓，就不要再為那種人浪費時間了……」李宜樺的聲音突然靜了下來，我奇怪的看著她，只見她小心翼翼的道：

「我講到他，妳不會生氣吧？」

「不會啊！我對他已經沒有感覺了。」

李宜樺直勾勾的看著我，大概是想要知道我說的是真還是假？像是怕提起我的傷心事似的。不過我現在對梁禹皓，已經沒有想法了，跟他在一起的記憶，薄弱的毫無可言。

「他沒有再找妳嗎？」

「他有找過我幾次，我都沒有再理他。」

「那班上呢？」

我想了想。「他是有試著再跟我講話，不過我下課之後，就很快離開，他也沒有再說什麼。」在班上爭執的話，也很難看吧？

「那就好。」李宜樺鬆了一口氣。

「妳在說什麼？」

「沒有啦！我還以為妳對他舊情未了，所以才不願意接受其他人的感情。」

「我不是跟妳講過了嗎？」我啼笑皆非。

「我以為妳在安慰我。」

「只要妳不要再做紅娘，就沒事了。」我趁機調侃她。

「咦？我以前怎麼都不知道，妳這麼會講話？」李宜樺像發現新大陸似的看著我。

我不好意思講，是為了要反擊，抗議她所做的安排，便說：

「妳不知道的事還很多呢！」

「喲！越來越會講話了？看妳這個樣子，大概是沒什麼問題了，隨時可以準備交男朋友了！」

「李宜樺！」我佯裝生氣的怒視著她，李宜樺卻只是朝我伸出舌頭，調皮的跑開了。

第四章

由於家住的遠，所以我都很少回家，最多一個月兩次，還有逢年過節才回去，大部分的時候，我都待在臺北，逛逛街、跑跑圖書館什麼的，很少去什麼 KTV 或是夜店。

一來那些地方娛樂太花錢了，二來我不熟悉那種地方，也不敢隻身過去，所以空閒的時候，就自己找活動了。

像現在我就從圖書館借了幾本書，回到宿舍。這幾本都是我想看的書，除了柯南道爾、克莉絲蒂所寫的推理小說外，最近我又迷上了日本夏樹靜子、土屋隆夫的書。

只可惜我雖然喜歡看推理小說，思想卻不夠縝密，推理邏輯能力也有，往往所猜的兇手都是另有其人，不過我還是樂在其中。

畢竟一本書讀到最後，還能獲得驚奇，也是讀書的樂趣了。

第四章

我隨意翻閱借來的書本，想一睹為快，而在這個時候，一個讓我耳朵發刺的聲音響起：

「茵茵。」

我一抬頭，梁禹皓站在宿舍面前。他面容凝重，有種我無法應對的預感，然而錯的不是我，我還是強迫自己面對：

「你來做什麼？」

「我是來找妳的。」

「有什麼事？」我冷冷的問。

「這句話……應該是我問妳的。」梁禹皓的眉頭糾結，看來像是有極大的難題困擾著他。「妳怎麼了？」

「什麼我怎麼了？」換我皺起眉頭了。

「妳最近也沒跟我講話，也不接我電話，我本來以為妳心情不好，讓妳冷靜幾天，沒想到連妳的室友接到我電話，都把我掛了，所以我才來問妳，為什麼不理我？」梁禹皓一口氣把話說完，彷彿有極大的委屈。

我看著他，淡淡的道：

「我理你做什麼？」

「妳在說什麼？我們是男女朋友啊！」

男女朋友？

我像聽到一個笑話似的，不可思議的望著他。「什麼男女朋友？我跟你早就沒關係了。」

「妳在胡說什麼？」梁禹皓看來很憤怒。

「我要回去了。」

我準備往大門走，沒想到梁禹皓竟然把手橫在我面前，我對上他的眼神，他怒氣沖沖，口氣也不佳起來：

「紀承茵，妳最好把話給我講清楚。」

我看到他故意刁難，脾氣也冒了起來。

第四章

「你做了什麼你自己清楚。」

「我到底做了什麼？」梁禹皓向我逼近，聲勢駭人，他的體形似乎在片刻間變得龐大有如巨人，我開始感到威脅，有點不安，後退了幾步，忐忑的道：

「既然你早就有其他選擇，為什麼還要跟我在一起？」

「妳在說什麼……」

「紀承茵，怎麼了？」一個熟悉的聲音介入我們之間，我求救的看著來人，是郭維寬，他剛從大門出來，我一個箭步跑到他的後面，藉以躲避變形後的梁禹皓。

我看到梁禹皓的表情，有種想殺人的目光。

「發生了什麼事嗎？」郭維寬的聲音在我上面，我知道他在問我，正不知該如何解釋時？梁禹皓開口了：

「他是誰？」

這兩個互相不認識的男人，只能從我這裡獲得答案，然而我面對這尷尬的窘境，不知如何解決，我知道不該把郭維寬拖下水，可是這時候，我真的很需要有個避風港。

「紀承茵，他騷擾妳嗎？」郭維寬向我詢問。

我看著梁禹皓，他有些憤怒的看著我，我瑟縮了一下，大概是察覺到我的不安，郭維寬站上前一步。

「可以請你離開嗎？」

「你是誰？」梁禹皓瞪著郭維寬。

「他是住我樓上的。」怕他誤會，造成郭維寬的麻煩，我趕緊跳出來解釋。

梁禹皓看看他，又看看我。「茵茵是我女朋友，我找她有點事情。」

「不要！」我叫了起來！這時候的梁禹皓在生氣，跟他在一起，誰知道會出什麼事？我真的感到很害怕。

「她說她不要。」郭維寬替我開口。

「茵茵，出來！」梁禹皓已經發狂了，我看他朝我過來，害怕的往郭維寬身後躲，但他的手一直過來，我緊張的猛抓著郭維寬，但他還是想抓我，而郭維寬有意幫我，就跟他推拒，也不知道為什麼，他們倆個竟然開始扭打，我不禁驚恐起來：「住……住手！不要打了！」

他們兩人似乎沒聽到我的聲音，不停的互毆，而郭維寬本來就較斯文瘦弱，看起來就不善與人動手，沒多久，我就見他被擊倒在地。

「郭維寬！」我衝上去，扶起他。

郭維寬的眼鏡被打歪，嘴角也滲出血絲，見他受傷，我愧疚的心油然生起，再也無法躲在一旁，事不關己——

「梁禹皓！你不要太過分！」我朝梁禹皓大吼。

大概是我平常從來不吵架，見我如此，梁禹皓似乎也愣住了，他站在原地，沒有說話。

「請你離開！」我也不知那來的勇氣，指著巷口，要他離去。

「茵茵，我……」

「離開！」

梁禹皓似乎還想說什麼，但還是忍了下來，他移動身體，離開我的視線，我終於……鬆懈下來。

※　　※　　※

「郭維寬……對不起。」

在消毒過郭維寬臉上和手上的傷口，收好急救箱後，我對著他，終於講出我的愧疚。

「沒關係。」他的聲音相當平靜。

「我不知道怎麼會把你扯進來，讓你受傷了，真的很……對不起。」我低著頭，不知所措的玩著手指，郭維寬那淡然的聲音傳進了我耳裡：

「真的沒關係，妳不用介意，像他那種人……會有報應的。」

我抬起頭來，有些不解的看著他，郭維寬正好調整他的鏡框，我看不清楚他的眼神。

「什麼？」

「沒什麼。那個……他是什麼人？」

郭維寬都因為我而受傷，我如果不告訴他也太說不過去，於是我深吸一口氣，緩緩的道：

「他是……我男朋友，以前的男朋友。」

「以前？」

「對，我們……分了。」

「看起來並不像。」

我轉過頭，看著窗戶，思索著怎麼開口：

「分手……其實是我說的，反正是遲早的事，所以我就跟他分手了。不過梁禹皓他似乎不認同，所以三番兩次來找我，這次……對你真的很不好意思。」我不知道該怎麼做才能彌補我的歉意，郭維寬他是受池魚之殃。

「他對妳很不好嗎？」

「他……他有別的女人……算了！反正都過去了，你現在感覺怎麼樣？」我不想再提那件事，不想梁禹皓還存在我的生活。

「沒事了。對了，那個梁禹皓……他是我們學校的嗎？」

「嗯。」

「他讀那個科系的呀？」

「他？他跟我同一班的。不要講他了，好不好？」郭維寬一直追問，我有點不太自在。

「還好妳沒事。」郭維寬眼鏡後面熠熠生輝，他過分明亮的目光，讓我有些心慌，連忙轉過頭。

「對不起，拖累你了。」

「我不是說過沒事了嗎？妳不要太介意，會發生這種事，並不是妳的錯，妳也不要想太多，像妳這樣的好女孩，並不值得浪費在他的身上。離開他，妳有更多、更好的選擇。」

郭維寬的這一番話讓我臉紅起來，他講得好像我是什麼了不得的人物，我有些受寵若驚。

「唔……我……」

一定是我手足無措的模樣讓他覺得有趣，郭維寬笑了起來。「妳看妳這樣子，真的很可愛。」

「你別糗我了。」我低下頭，不敢看他。

「我說的都是實話，是真的，以前我就注意到妳，只是那時還不是很熟，現在既然都認識了，妳有什麼問題，都可以找我，知道嗎？」

我錯愕的抬起頭來，他的語氣……看到他認真的眼眸，我的心頭一動，難道他對我……

不，不太可能，一定是我想太多。

可是郭維寬的表情好認真，不像是在開玩笑，我傻呼呼的站在原地，不知道該怎麼回答，郭維寬開口了：

「別忘了，我就住在七樓。」

我努力消化他這句話的意思，他住在七樓，是早就知道的事了，為什麼還要刻意提起呢？我猜不透他的用意，也被他的話弄得心慌意亂。

「嗯……好……」

「那我先回去了。」

「謝謝。」

郭維寬離開之後，他那些話，還在我心頭發酵著……

※　※　※

我和郭維寬，其實認識不久，難道就要這樣接受他的感情嗎？在我毫無心理準備，只能被動的面對感情嗎？

就像梁禹皓一樣……

和梁禹皓的失敗，讓我對重新出發的感情格外謹慎，至於對象是誰，其實我也不確定，我只是不希望，再造成一次的後悔而已。

「紀承茵，妳去看過梁禹皓了沒？」

第四章

一堂課才上完，教授還在臺上收拾東西，都還沒走，坐在我身邊的戴可伶發問，我愣了一下。

「去看他幹嘛？」

「他住院，妳不去看他嗎？」

我嚇了一跳！眼睛不自覺的睜大，嘴巴也不由得打開，我想我的表情一定很滑稽。

「他住院了？」

「妳不知道嗎？」這下換戴可伶嚇了一跳！

我搖搖頭，戴可伶的話又傳進我耳中：

「你們兩個……真的分手了嗎？要不然怎麼他住院，妳都不知道？你們到底是怎麼回事啊？」

我沒有回答，只問：

「他怎麼會住院？」

「不知道，是剛才碰到班代，他跟我說的，我想你們的關係不一樣，問妳去看過他了沒？結果妳連他住院都不知道？你們真的分手了嗎？」

「他住在哪間醫院？」

「和平醫院，妳要去看他嗎？」

我猶豫了，這樣敏感的時機，我去看他似乎不妥，而且我們前兩天才有過不愉快。但是不去的話，又太顯得無情，而且我也不想我們的關係，造成同學的議論紛紛，那令我難熬。

「我……」

「班上有些人準備晚上去看他，妳的話……自己決定。」畢竟戴可伶是我的朋友，知道我的為難，我鬆了一口氣。

「嗯。」

※　　　※　　　※

結果我還是沒有去，一來，我還沒有考慮好，二來，去的話，現場的人一定很多，我不知道要怎麼講話，索性待在宿舍，讓自己想清楚，過兩天再看要怎麼辦吧！

真的要去嗎？我已經不想看到他了。他在我心中已經無關緊要，頂多算是一個普通的朋友吧？

面對自己無情的轉變，連我自己都覺得訝異。

至於我到底在期待什麼？隱隱約約，有個黑影出現在我腦海，但卻看不清對方的臉蛋……那份悸動只藏在我心中，連是不是真有其人都還是個謎，卻依然在半夜時會夢到……

我一定是在那次發燒中燒過頭了，才會對一個不真實的影像魂牽夢縈……

鈴鈴鈴！

門鈴響了，我走出去準備開門，正好見到李宜樺也離開房間，我和她對望了一眼，只聽李宜樺說道：

「妳去開門，我在講電話。」

既然如此，理所當然是我去應門囉！我走到門口，打開大門，見是郭維寬，便將門打開。

「午安。」他說道。

「午安。」

「請進。」我將身體稍微側開，讓他進來。

「謝謝。」郭維寬走了進來。

「還會痛嗎？」我看著他的臉蛋，還有些許痕跡，心下滿是歉疚。

「已經不痛了，謝謝妳。」

「謝我什麼？」我有點莫名其妙。

「謝謝妳的關心。」郭維寬揚起一個微笑，光線照在他的牙齒上，反射出的光芒映得我有些刺眼。

我有些不好意思，跟他在一起，總感到有些侷促。

「咦？郭維寬，你來了呀？」李宜樺走了出來，將客廳的無線話筒歸位，也正好解救了我。

第四章

「妳不是在講電話嗎？」

「對啊！講完了，正好出來看是誰來了嗎？」李宜樺對任何人都很熱情，她朝郭維寬戲謔的道：

「你是來找我？還是來找茵茵的？」

「我是來找紀承茵的。」郭維寬說時，還望向我一眼，我感到臉上熱熱的，有些不好意思。

「那我就先進去了。」李宜樺就要往房間走，我連忙拉住了她。

「宜樺，等一下。」

「幹嘛？有事嗎？」

「妳……陪我嘛……」我小小聲的道，向她求救，李宜樺卻朝我擠眉弄眼，神情曖昧，甚至把我推到郭維寬面前。

「人家是來找妳的啊！」她還故意這麼說，氣死人了！

「宜樺……」我微慍的看著她，可是李宜樺卻當做沒看到，反而越過我，向郭維寬說道：「你們要不要出去走走？」

「好啊！」郭維寬相當大方，我則尷尬的要死。

「宜樺……」

「去去去，反正妳下午也沒課，出去走走，我等一下也要出門，不要又一個人窩在家裡。」

「我們走吧！」郭維寬看向我，臉上是溫和的笑意。既然他都這麼說了，我也不好意思說不，只能含怒的瞪了李宜樺一眼，她卻一臉不在乎。

這個李宜樺，真是的！

「等我一下。」我回房拿了外出的皮包，跟著郭維寬走了出去。

「慢慢走啊！晚點回來沒關係。」

李宜樺的聲音在我身後響起，我的熱度從腳底升到臉上，不敢看郭維寬，免得他發現我的不對。

「妳想去哪裡？」出了大樓，郭維寬向我問道。

第四章

「我也不知道。」

「那我們去喝個紅茶吧！這附近的『小歐』調的茶滿好喝的。」『小歐』是一家泡沫紅茶店，除了學生客源，還有不少上班族也來這裡買茶。

「好啊！」

我和郭維寬一起走向「小歐」，我偷偷的看著他，發現他滿臉都是笑意，似乎從我看到他就沒有停過，有什麼事讓他這麼開心嗎？

我不敢多問，也不知道要怎麼開口，還好店很快就到了。

「小歐」仍跟我印象一樣，排隊買茶的人超多的，而裡面十來個位置也大部分都有人坐了，我跟郭維寬幸運的搶得最後一張桌子。

「這裡人好多。」

「對啊！」我只能附和。

「沒想到這裡人這麼多，要不然我們換一家？」

「沒關係，這裡就可以了。」又不是約會，那麼計較做什麼，我低頭看著桌上的

MENU，紅茶、綠茶是基本的，而一些奇奇怪怪的名字，像什麼紫屋魔戀、綠色奇蹟，根本都是套用電影的名字來做為他們的產品名嘛！

「妳要喝什麼？」

「嗯……那就來杯蛋蜜汁吧！」這種東西比較知道它的內容是什麼，感覺比較安全。

郭維寬也在 MENU 上點了杯珍奶，然後將單子拿去櫃檯才回來座位。

「你找我……有什麼事？」

「沒什麼。」郭維寬還是那副笑臉，鏡片因為閃光，看不清後面的眼神。「只是想找妳出來走走。」

「喔……」我臉上的熱潮，似乎還沒有消退。「你下午沒課了啊？」我沒話找話聊。

「對啊！妳不也一樣？」

「嗯……」

「妳好像很喜歡看書？」郭維寬忽然提到我的興趣，話題又很安全，我感到自然了些。

「對啊！你怎麼知道？」

「有幾次見到妳，妳手上都拿著一堆書，妳都看什麼書？」

「都是小說。」我有些不好意思，反問：「你呢？你都看些什麼？」

「我……」他的笑容讓人無法理解。「我看的書，妳可能沒有興趣。」

這倒也是，男生跟女生看的書，本來就不同。

「珍珠奶茶、蛋蜜汁！」一個生硬的聲音插進我們之間，杯子被很不客氣的送到我們面前，我錯愕的抬起頭來，想看看是那個員工，竟然這麼無禮，沒想到竟然李宸凌！

他怒氣騰騰，雖然沒有表示，但他的眼神以及渾身散發出來的氣勢，都說明了他正處於不悅中。

「你怎麼會在這裡？」郭維寬叫了起來，也點出了我的疑惑。

「我在這裡打工。」

「是嗎？那我下次不會進來了。」郭維寬很快平靜下來，揶揄的道，也不知道他說的是真的還是假的，我總覺得他和李宸凌之間關係並不融洽。

「這裡也不歡迎你。」

兩人的表情都不對，雖然郭維寬還是滿臉笑意，但讓人覺得有點寒冷，反觀李宸凌雖然不像他笑容滿面，但情緒倒是一看就看得出來。

「別這麼說嘛！」我趕緊打圓場，朝李宸凌問：

「你在這裡打工啊？」

「嗯。」李宸凌看著我，點了點頭。

「剛剛怎麼沒看到你？」

「我去外送。」

「那下次我們要喝紅茶的話，就可以麻煩你幫我們送回來了。」一向不善言詞的我，為了避免落入他們之間的劍拔弩張，努力讓氣氛和緩些。

「沒問題。」

「你送的飲料，有人敢喝嗎？」郭維寬依舊是那副冷冷的笑意，語氣平靜，對他一再挑起兩人之間的紛爭，我有點心悸，連忙打圓場：

「送了就會喝嘛……」

咦？我似乎在郭維寬的眼底看到一絲憤怒，是針對我？還是針對李宸凌？我慌張的看著他，不知道該怎麼面對。

「你們等一下要去哪裡？」李宸凌看著我。

「還不知道……」

「不知道的話就早點回家。」李宸凌擅自替我提供意見，我注視他，不知道該怎麼接話。

「你還在打工吧？還不快回去工作？」郭維寬下了逐客令。

「我會回去工作。」

「那你慢慢工作吧！我們先走了。」郭維寬站了起來，拉著我，我指著桌上的飲料：

「還沒喝耶！」

「那就外帶。請你幫我們打包。」郭維寬這話是對著李宸凌講的，我看得出來李宸凌心中有許多不滿，但仍耐住了性子，幫我們打包飲料，並裝在袋子裡，在他將飲料交給我時，我看到他的眼神嚴厲，似乎在斥責著我……

我被他看得莫名其妙，心慌起來。

「走吧！」郭維寬帶著我離開紅茶店。

第四章

第五章

邊走邊喝著蛋蜜汁，一路上，郭維寬都聊著一些無關緊要的問題，我知道他是想化解我們之間的尷尬，但是還是不習慣。

而且李宸凌的眼神，一直在我心底，讓我相當不安……

總覺得我的一舉一動，都在他的範圍之內，要不然為什麼我的心被吊在半空中跳動？有些惶惶不安……

「郭維寬，我……我想回去了。」遲疑了半晌，我還是開口了。

「為什麼？」郭維寬有些訝異。

「沒、沒什麼，只是想回去而已。」我沒辦法跟他講我內心真正的想法，而且剛在在紅茶店的情形，讓我覺得很彆扭，才想跟他分開。

「妳在生氣嗎？因為剛才在紅茶店的事情？」郭維寬的目光一沉，我看不清他的眼神。

「不、沒有。」

「那為什麼……妳不喜歡跟我在一起嗎？」他的語氣有著濃濃的失望，這更讓我吃驚。

「不、不是，只是……」

「只是什麼？」

慘了！這要怎麼解釋啊？我既不想傷害他，又不想讓自己陷在困局，只好撒謊：

「沒有，我只是臨時想到有點事。」

「什麼事？」

郭維寬咄咄逼人，讓我不知如何接話，臉上相當尷尬，又沒有馬上反應，一定讓他覺得我在應付他。

「算了！」他突然道：「我知道，妳並不想和我在一起，就算妳留下來的話，也是心不在焉。不如回去吧！」越說到最後，他的聲音越冰冷，臉上也失去了笑意，讓我手足無措。

「郭維寬，不是這樣的……」

「妳不用解釋太多，我無所謂。既然要走的話，妳就走啊！走啊！」郭維寬開始趕我，我心慌起來，想說什麼，卻又被他的眼神嚇到。

忽地，郭維寬的笑容又盈滿臉上，像是從來沒發生過任何事。

「有事的話，就先回去吧！耽擱的話就不好了。」

他的前後轉變，讓我一下子適應不過來，有些傻愣的看著他，而郭維寬仍是那溫和的神情，淡淡的道：

「那就這樣喔！快走啊！走啊！」

「再……再見。」

我彷彿得到特赦的犯人，趕緊離開他的身邊，等跑了三、四步，才想到這樣的迫不及待，恐怕傷了他的心，趕緊放慢腳步，回頭看了一下郭維寬，他還站在原地，不過臉上的表情卻像冬日冰雪，甚至有些莫測高深……

他一定以為我在拒絕他，所以才有那種神情吧？

我也不是不願意接受他，只是跟他在一起，總覺得怪怪的，我沒辦法強迫自己硬和他走在一起……

啊！

冷不妨的，我的手臂被用力抓住——

我差點大叫起來，到底是誰在光天化日下抓我？轉頭看向來人，赫然發現是李宸凌！

「妳還好吧？」

「放開我！」我試圖將手臂從李宸凌的手中拉回來，他卻沒放開，還捏得我好痛，我又叫了一聲：

「好痛！你放開我啦！」

李宸凌似乎這時才想到他的手還抓著我的手臂，連忙放開。

「對、對不起。」

我驚魂未定，深呼吸幾口。摸摸被捏的手臂，還有些疼痛，男生的力氣真大，隨隨便便就可以把人抓得這麼痛。

「你做什麼？」

「郭維寬呢？」李宸凌向我的背後望了一下。

「我跟他說有點事要先回家，他可能還在逛街。你不是在打工嗎？」怎麼會出現在這裡？

「喔……我請假。」

「你到底想做什麼？」無緣無故的，突然跑到我面前，還問我郭維寬？他有事的話，就應該直接去找他，而不是抓住我。

李宸凌看了我半晌，似是鬆出一口氣。「沒事。」

沒事會跑過來？而且好端端的，突然請假，還這麼巧的出現在這裡，我不禁閃過一個念頭——

「你跟蹤我們嗎？」

第五章

李宸凌的表情不對，目光閃爍，模樣心虛，更讓我存疑，戒心大起：

「你跟蹤我？」

「沒有……」我根本不信，盯著他瞧，約過了幾秒，他才改口：「我只是看妳安不安全而已。」

「什麼意思？」

李宸凌欲言又止，又看了我很久，久到讓我覺得詭異，總覺得眼前似乎有什麼被遮蔽，問題是，我連擋住我的是哪雙手都不知道，無從推開。最後他才道：

「少和他接觸。」

「誰？郭維寬嗎？」除了他還有誰？

「對。」

「為什麼？你們到底發生了什麼事？為什麼你要我跟他保持距離？他到底做了什麼？」我難得的一口氣說這麼多話，李宸凌仍是那副隱晦的態度，臉色更沉，讓我摸不著頭緒。

「我要回去了。」

「等一下！李宸凌……」我追在李宸凌的後面，想攔住他，要他把事情解釋清楚，他仍大步跨得老遠，一下子就擺脫我。

※　　※　　※

結果我什麼也沒問到，因為李宸凌後來回到「小歇」，我也不好意思進去找他，只能有機會的話，再找他談清楚了。

而我回到宿舍，李宜樺根本還沒出去，我反而被她唸了一頓。

原因就是我太快回來了，她本來還期望我跟郭維寬有什麼進展呢！結果出去還不到一個小時，我就回來了。

她的用意，我當然知道，只是這種事一個巴掌拍不響，強來也沒用。

而後來出現的李宸凌，他為什麼要跟蹤我？他跟郭維寬之間有問題是肯定的，但為什麼要拖我下水？總覺得我好像沒辦法從這件事抽身……

算了！這時候想這個，對報告也沒用。

第五章

在學校的圖書館裡，我想著上個禮拜六發生的事情，都快過了半小時，我訝異這件事對我的影響。

不過想太多也沒用，這並無助於課業，我還是先把這事丟到一旁，先完成我的報告吧！

我把作業攤在圖書館的桌子上，平常慣用的背包放在椅子側邊，裡面並沒有什麼貴重物品，接著拿著記在便利貼上的參考書清單，朝書櫃走去。

學校的圖書館相當寬敞，分為好幾個樓層，每個樓層又分為好幾個書庫，想找一本書，也得花上十幾分鐘的時間呢！

而英文書籍幾乎都在地下室，我從樓梯走下去，開始尋找我要的書籍。

這裡的書籍，是照英文字母排列的，所以找起來，倒也不難找，很快的我就找到我要的第一本書。

窸窣……

什麼聲音？

我回過頭一看，什麼也沒有，在偌大的地下書庫裡，只有我一人，其他的人都在樓上閱讀或忙碌。

是我太多心了吧？搖搖頭，我將注意力拉了回來，看著手上的便利貼，繼續向下一本書前進。

窸窸窣窣……

我停下腳步，又是那個奇怪的聲音，彷彿……有人站在我身後，我卻什麼也看不到。

陰森的感覺爬上了肌膚，我全身起了雞皮疙瘩，感覺身體涼涼的，快速的將下一本要的書籍找到，還有一本，是Z字母開頭的，這代表我得到最後一排書櫃，也就是最裡面去找書，才能找到我要的書。

心頭有點慌，我來這一層樓也不下數十次了，沒有這一次，讓我這麼不安的，彷彿有什麼人，躲在這裡的某個角落，窺視著我……

不該有這種感覺的，但空氣中夾雜著不明的氣體，滲入我的肌膚，我覺得骨頭開始冷了。

第五章

沒事的，應該沒事的，報告還是得寫，為了這一點虛幻的小事擔擱，也未免太過好笑。

深吸一口氣，我朝最裡面走去，越過層層書櫃，不時以眼角餘光向兩旁瞥視，看看是不是有人躲在書櫃後面窺視？還是不明的空間怪物，正準備吞噬落單的學生……

來到了Z字母為首的書櫃，我開始尋找我要的書籍，甚至蹲了下來，奇怪了，明明這裡的書本，都有它的規則在走，為什麼我今天按照平常的方法尋找，都找不到我要的書籍呢？

待在這裡越久，越感到恐懼，我忽然害怕起來，會不會被吸入另外一個空間，只能跟書櫃為伍，然後……怎麼樣也出不去了？

該死！我沒事幹嘛看那麼多小說？結果現在把自己嚇個半死！

確定找不到我要的書後，我想應該是被其他人借走了，我站了起來，準備離開地下室，突然一隻手抓住了我——

「啊！」

是誰？是誰抓我？是一直在我身後，等待時機捉住我的那個人嗎？還是掠奪我靈魂的怪物出現了？還是……

「紀承茵，妳幹嘛？」

一個聲音穿透我的恐懼，將我從裡面帶了出來，我定神一看，見是李宸凌，他一臉驚懼的望著我，恐怕是被我的叫聲嚇到了吧？

而我這時候發現，全身竟然冒出冷汗，連手腳都有點虛弱。

「你……你幹嘛？嚇人啊！」我嚇了一大跳！顧不得禮貌，先朝他罵了過去！這實在有違我的本性。

「妳還好吧？」他關心的問道。

「都快被你嚇死了，你說呢？」我摀著心口，把那顆快要跳出來的心臟強壓回去。

李宸凌抬起頭來，左右張望，舉止詭異，再加上剛才被他嚇了一跳，我口氣也好不到哪去。

「你在看什麼？你來這裡不就是來嚇我的嗎？」

「只有妳一個人嗎？」他沒頭沒腦的問出這句話。

「對啊！難不成還有……什麼嗎？」我硬生生將那個不適合在這個時候冒出的字眼壓回去，表情一定很難看。

李宸凌終於把注意力收了回來，對我說道：「抱歉。」

「你要找我，可以先出個聲音，不要故意嚇人。人嚇人，是會嚇死人的。」我忍不住埋怨，有些放肆。

「我不是故意的。」

「那你剛才幹嘛跟蹤我？」我認定他是剛才在我背後，發出奇奇怪怪聲音的人。

李宸凌的臉色更難看了。

「我？我沒有。」

「你已經有過一次紀錄了，不是嗎？」

李宸凌應該知道我在指什麼，他識相的閉上嘴巴，不再辯駁，我則拿著手上的書，準備回到樓上去。

「我來幫妳吧！」

我還來不及答應，他已經從我手上接過書籍了。這樣也好，對於他剛剛嚇我的行為，我稍微平息憤怒。

不是李宸凌已經出現了嗎？為什麼我皮膚上的雞皮疙瘩還沒消除？可能是剛才太過緊繃，現在還餘悸猶存吧？我回頭看了一下書庫，並沒有任何動靜。

回到位置上，我看到原本闔上的作業簿竟然被打開？微微皺了皺眉頭。是我離開之前打開的嗎？

我拿起背包，似乎沒少什麼東西，我將作業簿和李宸凌手上的書疊在一起，走到圖書館的登記櫃檯準備外借。經過剛才那個經歷，我也沒心思在圖書館裡了。

而李宸凌一直陪在我身邊，跟著我走出圖書館大門。

在外面也比較好說話，不用壓低聲量，我恢復平常聲音：「你還有什麼事？」

「我……只想確定妳安不安全。」李宸凌莫名其妙的冒出這一句話，聽得我一頭霧水。

「什麼安不安全？」

第五章

李宸凌仍是那副莫測高深的模樣，神祕行事，經過剛才的事件，我對他突然發起脾氣，提高了音量：

「李宸凌，你到底想做什麼？每次對著我，都說一些奇奇怪怪的話，今天更過分，還在圖書館裡嚇我，你如果不把話講清楚，我下次還是會問你的！」從來沒有的沸騰情緒在胸口翻騰，面對著他向來平淡的表情，令我有點難以忍受。

李宸凌大概是沒看過我發脾氣，有點愕然。

我不是沒脾氣的人，我一向以和為貴，不想跟人有所爭執，要不是這個李宸凌實在太過分了，三番兩次出現在我身邊，說一些難以費解的話，再加上剛才的驚嚇，我也不會衝著他大吼。

李宸凌有點動靜，他深吸了口氣，不知道在考慮什麼，半晌才道：

「我只是確定妳有沒有受到傷害。」

「我會有什麼傷害？」他的話令我更莫名其妙了。

「是……」

我看得出來，他的喉嚨有話，但偏偏到了喉頭，什麼也沒擠不出來，真令人氣結。

「以後盡量別一個人。」

啊？

這可更令人摸不著頭緒了，既然已經開了頭，我索性追著他，希望能將心頭的疑惑解開。

「為什麼？你到底想說什麼？可不可以把話講清楚，你這樣讓人很不解耶！」

李宸凌望著我，突然道：「妳並不是個安靜的女孩。」

我愕然，如果一個人心頭有疑惑，而能解開疑問的人，就在眼前，難道還不能追問嗎？我火惱的看著他。

「你不要顧左右而言它。」

「有嗎？」他斂下眼眸，令人猜不透心思。

「你到底想做什麼？可不可以講清楚？不要老是神出鬼沒，還總說些讓人摸不著

第五章

頭緒的話。」

李宸凌仍是閉緊了嘴巴，什麼資訊也不願透露。

「你到底有什麼事，可不可以直說？」

李宸凌仍是沒有理會，甚至把頭轉過去。

「李宸凌！」

※　　※　　※

我跟李宸凌之間還沒有結束，我也不知道怎麼搞得，就一直跟著他，因為我知道，他一定知道些什麼，在他身上，一定可以知道答案，當然不肯放過他。

說實在的，我連問題在哪裡都不知道。

只是他呈現的都是神祕的一面，連說的話也莫測高深，行為也越來越怪異，就算要我思索，我什麼資訊也抓不住，更不用解答了。

連我自己都不知道哪裡來的衝動，一直跟在李宸凌身後，這兩天以來，除了上課之外，有時間我就去找他。在學校我還不敢明目張膽，但下了課之後，知道他在「小歐」工作，就在他門口等他。

昨天在電梯裡遇到他，我曾試著問過他，他還是沒開口，結果我的電梯搭到了八樓才又回到了五樓，憑白繞了一圈。

上午在學校，我們在校園碰到，我曾瞪大著眼睛注視著他，他依然無動於衷。

下午上完課後，我刻意繞到「小歐」來找他，見他在裡面忙碌，不知道要忙多久，不過沒關係，我在「小歐」對面的人行道上，找了個圍著行道樹的石墩坐著，看他會忙多久？

太陽晒得我有些發熱，鼻頭上都是汗水，我拿出吸油面紙來擦拭，擦拭完後我一抬頭，李宸凌已經不見蹤影。

他跑到哪裡去了？去外送了嗎？還是去廁所？

見不到他的身影，我心慌起來，趕緊向左右兩邊觀望，看他有沒有從我視線底下離開？如果沒有的話，他可能還在店裡……

一個冰涼的物體碰上我的臉蛋，我嚇了一跳。

第五章

「啊！」

我轉頭一看，李宸凌正拿著一杯飲料，黝黑的臉蛋上，那眼珠顯得格外晶亮，我的心頭突突的跳了起來。

「渴了吧？」李宸凌將他手上的飲料遞給我。

「你……你怎麼會在這裡？」我張大了眼睛望著他。

「我下班了。」

「喔！」

「給妳！」李宸凌將飲料在我面前晃了晃，我很自然的接了過來。

「謝謝。」

我拿起他給的吸管，插到杯蓋的洞裡去，吸了起來，是蛋蜜汁，酸度調的剛剛好，不會讓人嘴巴的細胞都跳了起來，反而降低甜味的濃度，甚至有一種順滑潤口的感覺。

他還記得我上次來點的飲料？我突然有種幸福的錯覺……

「妳很有毅力。」李宸凌忽然冒出這句話，我抬起眼看他。

「還好啦！」只不過是把時間挪到他身上，並沒有想像中的那麼厲害。

「妳一直跟著我做什麼？」

「這話應該是我問你吧？」他應該還沒忘記，最初是他出現在我眼前，說些奇奇怪怪的話的。

「妳自己小心一點就對了。」

「到底要小心什麼？我有什麼危險嗎？」

「妳最近還有跟郭維寬在一起嗎？」

「沒有啊！你突然提到他做什麼？」我有些莫名其妙。

「沒、沒什麼。」

「到底是怎麼回事？說到郭維寬，你們兩個到底是朋友還是有什麼仇恨？你們兩人的……對話方式，跟別人不太一樣。」我含蓄的道，他們兩人的針鋒相對，連在旁邊的人都替他們不安。

第五章

「我跟他沒有關係。」

「那為什麼你們兩個好像對彼此都不順眼？」我提出我的疑惑，看到他的眼神斂了一斂，淡淡的道：

「妳只要注意妳自己就好了。」

「我很注意我自己。」我不服氣的道。

「那就不該在凌晨才回到家，還讓自己感冒。」李宸凌有些責備的道，我一聽，心跳了一下，好像被拳頭撞了一下，我捏緊著胸口，然後心臟還不肯安分，一些奇怪的東西隨著血液流到動脈……

「你怎麼知道我凌晨回家？」這件事，除了李宜樺，應該沒有人知道。

「是……宜樺講的。」他摸了摸鼻子，像被人發現什麼壞事，有點心虛。

「她跟你講這個幹什麼？」李宜樺跟他很熟嗎？

「只是遇到的時候，講了一下，沒什麼。」他恢復木然的神色。「妳還要繼續站在這裡嗎？我要走了。」

「你要去哪？」還沒得到我的答案之後，我抓住了他的手。

李宸凌看了一下我抓他的手，眼神有點古怪，但並沒說什麼，只道：

「去吃飯啊！」

「我跟你去。」我脫口而出，目的是為了不讓他落跑。

我察覺到李宸凌那一向不苟言笑的嚴肅表情，竟然滲出了一絲絲笑意，我不由得失神了，沒想到面無表情的他，竟然可以笑得這麼好看。

「妳要跟我吃飯？」

「對啊！不行嗎？」對他，我總是不自覺的耍賴。

「好啊！」

第五章

第六章

為了達到我的目的，我跟著李宸凌，我從來不知道我會這麼主動跟著一個男孩子，只要我有時間的話，都會去找李宸凌，不論我怎麼問他，他還是不回答我的問題，真讓人氣結。

不過，沒關係，反正他住八樓，要找他的話，隨時都可以找到人。

「妳怎麼又來了？」李宸凌一看到我，就冒出這一句話，不過並沒不悅的語氣。

「對啊！」我大方的承認。

「我要出門了。」

「我知道，你要去上課了嘛！」

「妳怎麼知道？」

「你昨天自己說的，說今天上午十點要上課，我就早點過來，看會不會攔到人？」

第六章

上次和他吃飯，我問他工作的時間，他說和上課時間錯開，我就推出他一個禮拜的上課時間。

和他聊過之後，我才知道李宸凌沒想像中的那麼拘謹，或多或少還會跟我說個幾句，可能是之前不熟吧！所以才有嚴謹的假象。

「妳要跟我一起去上課？」他微蹙著眉。

「不可能啦！我十點也有課，所以頂多是跟你一起走到學校而已，不想浪費時間。」李宸凌知道我的用意。

「妳很有耐心。」

「沒辦法。」我聳了聳肩，盯著他瞧。如果不是他死守祕密，我也不會一直纏著他。

我可以知道他有事情瞞著我，卻什麼也不說。

李宸凌淡淡一笑，他真的在笑？雖然只有短短兩秒，不過在他那張撲克臉上找到笑意，令人感到驚奇。

而且他那似有若無的微笑，總是挑起我一些奇怪的情愫……

「我要走了。」

我等著他穿好鞋子，一起和他進入電梯。

挖掘他的祕密，已經成為我的重心，我不知道他什麼時候才會坦白，不過等到他公開時，大概會很有成就感吧？

我胡思亂想，電梯到了七樓時，停了下來。

門打開後，郭維寬站在門口，他愣了一下，我也愣了一下，我可以察覺在我身邊的李宸凌，身體也緊繃了起來。

到底是怎麼回事？他們兩人之間，一定有我不知道的事情。

「妳怎麼從上面下來？」郭維寬進到電梯時，看著我的眼睛，裡面有著強烈的責難，我被他瞧得有點心慌，避開他的眼神。

「我……我去找李宸凌。」我誠實回答。

「妳去找他？」郭維寬的聲音尖銳起來，我差點要用手摀住耳朵。

第六章

我還沒有回答，李宸凌在狹小的空間，擠進我和他之間。

「那是她的事。」李宸凌冷冷的道。好奇怪，只要郭維寬出現的話，他們兩人就成為兩隻刺猬，都在防護、警戒著什麼。

我很害怕這種氣氛，企圖緩和：「我們只是要去上課而已。」

「你們一起去上課？」他的視線在李宸凌和我之間來回。「你們什麼時候一起上課了？」

「我們只是去上課而已。」李宸凌冷冷的回答。

郭維寬的視線轉來轉去，最後落在我身上，他這樣大刺刺的看著我，讓我無處可躲，心頭不由得莫名恐懼起來。

所幸一樓很快就到了，門一開，我的手就迅速被李宸凌拉著往外走。

他走得又快又急，我知道他是想擺脫郭維寬，不過他走得那麼快，我根本跟不上，幾乎是被拖著走。

「等……等一下啦！」

他總算停了下來，我那突然劇烈運動的雙腳這時有些痠痛，連忙調整一下步伐，才恢復過來。

李宸凌轉過頭來，看著我，這時他的臉上總算不那麼冰冷冷了。

「抱歉。」

「你走那麼快幹什麼？」

我看到他的嘴唇微微的動著，似乎想說什麼，後來還是止住了。我不用想都知道：

「跟郭維寬有關嗎？」除了郭維寬，誰會讓他這麼……不安？

對，與其說是排斥，不如說是不安，我發現他對郭維寬的警戒心很高，只要郭維寬出現，他就會處在備戰狀態。

「你們之間到底怎麼回事？他到底做了什麼？或是他是什麼人？為什麼你那麼緊張？」

李宸凌抿著雙唇，終於說道：

第六章

「我請妳去喝果汁。」

「我不要喝，我要你告訴我發生了什麼事。」

「知道太多對妳並沒有用。」李宸凌沉聲的道，臉上相當凝重，我對他的隱瞞感到不滿，正要抗議時，他忽然抓過我的手臂，將我帶到他的身邊，我一時重心不穩，跌在他的身上——

這個胸膛……又寬又溫暖，厚實的感覺讓人覺得很穩重，再加上他的氣息鑽入我鼻間，有個模糊的身影，闖進我腦海，我的臉突然熱了起來……

好熱、好熱，臉怎麼那麼熱？連心跳……也跳得好快……一定是剛才突然跑太快……

對，一定是這樣。

我連忙推開他，抬起頭瞪他，正想問他為什麼這麼粗魯？卻瞧見他皺著眉頭，往我的身後瞧，我站穩之後，也循著他的視線瞧……

是郭維寬，他站在我們身後，而且表情陰沉得嚇人！

一向溫良斯文的郭維寬，臉上充滿陰鷙，猶如灰暗的雲層籠罩在他臉上，詭異的目光直直朝我們射了過來，讓我不寒而慄，全身僵硬的不敢亂動。

「我們走吧！」李宸凌強拉著我離開。

※　　※　　※

抵達學校之後，我和李宸凌在我的系大樓前分開，他才到他的教室去上課。

想當然爾，一路上他沒有透露什麼資訊，不過臉色變得很難看。

到底他和郭維寬之間有什麼過節？為什麼兩人的舉止都那麼詭異？我努力的猜測，還是想不透。

「紀承茵！」

我抬頭，見是戴可伶，她止由她的男朋友護送過來。她的男友是我們系上的學長，見面的機會也滿多的，所以我也認識高立仁。

「學長好。」我打著招呼。

「紀承茵，妳在這裡幹嘛？幹嘛不進去？」戴可伶奇怪的問道，我則回答：

第六章

「剛要進去，就被妳叫住了。」

「喔？那我們走吧！」戴可伶挽著我的手，拋棄她的男朋友，準備和我一起進教室。在進教室之前，我回頭朝高立仁道：

「學長，我們先進去了，再見。」

「學妹，等一下。」

「什麼事？」我原地站好，這聲學妹叫的當然是我。高立仁都是叫戴可伶的名字。

「剛才那個人……我看到妳和他走在一起，妳和他認識嗎？」高立仁指著李宸凌離開的方向，我們三個人的視線同時轉過去。李宸凌的身影還沒消失，我們看著他走上樓梯。

「對啊！怎麼了嗎？」我發現高立仁的臉色相當凝重，眉頭也皺了起來。

「那個人……他是不是住在我們學校附近，麥當勞後面那條巷子裡，有間叫做『祥光』的大樓？」學校附近有許多公寓式的大樓，出租給學生當宿舍。

「對啊！我就住在那裡，學長你怎麼知道？」我奇怪的望著高立仁，疑惑的看著戴可伶，她也和我同樣疑惑。

「那棟大樓……去年出了點事，聽說和裡面住的房客有關。我是不知道是誰啦？不過學妹妳還是小心點。」高立仁嚴肅的道。

「出事？出了什麼事？」我嚇了一跳。

「我也不清楚，我也是聽人家說的，說去年有個我們學校的學生，在那裡殺了一個女的，不過那個女孩子還沒死。而那個兇手，目前還住在那裡。」高立仁認真的道，看起來不像是開玩笑。

「殺……人？」我睜大了眼睛，恐懼的看著他。慌亂的感覺從四面八方襲來，心頭頓了一下。

「對啊！要不然妳住在那裡，難道沒有覺得那裡的房租比這裡的行情價少了兩、三成？」

「對啊！」我一直以為是房東體恤我們學生沒錢，才這麼大方。原來另有內幕？

「那兇手為什麼還住在裡面？」戴可伶幫我提出另外一個問題。

第六章

「我只是聽說的，據說因為兇手的家裡很有錢，他們用關係將這件事壓了下來，所以沒有鬧大，而且那個人還繼續讀我們學校。」

「那個人是誰？」我急著追問。

「我也不清楚，不過我可以幫妳問問看。」

「好恐怖喔！紀承茵，妳不要繼續住在那裡好了。」戴可伶在一旁說道，讓我心頭越來越毛。

「可是那裡還有很多人住……」雖是這麼說，可是我自己還是感到不安。

「總之妳自己小心點就對了，可伶說過妳還有室友，應該比較沒關係。」似乎是看出我的恐懼，高立仁安慰著我。

「嗯。」

※　　※　　※

仔細想想，住在這棟大樓的學生，除了李宸凌和路行凱是二年級的，其他人包括郭維寬都是一年級的。而當初找房子時，並沒有思考為什麼這棟的房價這麼便宜？還以為撿到寶了，沒想到另有原因？

房東自然是不肯說的，為了讓房子租出去，他必然會隱瞞些事情，那其他的人呢？

本來住在這裡也快一年了，也算是平平安安、順順利利，現在因為高立仁的一番話，得知這棟屋子曾發生過兇案，讓我心頭不安起來。

「宜樺……」

「什麼事？」李宜樺將視線從電視上轉了過來，她正在看現今當紅的日劇，不過我沒心思沉迷。

「呃……沒什麼。」如果把這件事告訴李宜樺的話，妥當嗎？會不會也引起她的恐慌？而且現在事實還未證明，我這樣算不算擾亂人心？還是等事情查清楚再說？

念頭一轉，我又閉了嘴。

「什麼？」

看得出來李宜樺對我的舉止感到莫名其妙，不過日劇實在太引人注意，她把心思

第六章

又放回電視，我則有一搭沒一搭的陪她看。

雖然有聲音圍繞著我，也有李宜樺作伴，我還是感到些微的恐慌與不安。是我太敏感了嗎？

「鈴鈴鈴！」

門鈴聲響起，我嚇了一跳，從沙發上站了起來，等我定下神來之後，看到李宜樺奇怪的看著我。

「茵茵，妳幹嘛那麼驚嚇？」

「不小心嚇了一跳嘛！」我赧然的道。

「妳去開門一下好不好？」李宜樺的視線仍盯在電視上，我知道她對日劇的著迷，自然是不想錯過每個細節。

「好。」

我站了起來，走去開門，門開了之後，是住在二樓的杜明珍。

「不好意思，這麼晚來打擾妳們。我可以進去一下嗎？」杜明珍說時看了一下在客廳裡的李宜樺，李宜樺將頭稍微抬起來頷首打招呼，又繼續盯著電視。

「可以啊！」我開門讓她進來。

「謝謝。」

自從上次吃過火鍋後，平常都只有在公寓裡遇到，杜明珍還沒來過我們這層樓，我對她的來意有點好奇。

杜明珍看了一下四周的擺設，才回頭對我道：

「對了，我想問一下，妳們今天早上有在屋頂晒衣服嗎？」

「有啊！」這幾天天氣好，如果洗好衣物的話，我都會在上課之前將衣物拿到屋頂上晒。不過那僅限於外衣外褲，像內衣褲的話，我和李宜樺都是晾在後面的陽臺上。

「那……妳們有收錯衣服嗎？」杜明珍遲疑了半晌，終於問了出來。

「什麼意思？」我愣了一下。

「怎麼了？」李宜樺終於站了起來。原來是廣告時間。

「我中午有上去晒衣服，傍晚回來時，少了幾件衣服。我是想說……會不會是妳

第六章

們不小心拿錯？」杜明珍客氣而謹慎的問道，一雙眼睛則骨碌碌的在我和李宜樺之間流轉。

「什麼衣服？」李宜樺蹙著眉問道。

「是幾件背心。」

「背心？沒有啊！」我很少穿背心，李宜樺則有幾件，不過她也不可能會拿錯別人的衣服。

「我也沒有。」李宜樺回答著。

「那是比較涼快的背心，有蕾絲邊的，妳們沒看到嗎？」杜明珍的視線仍是不肯放過我們。

「沒有啊！又不是我們拿的，我們怎麼會看到？」李宜樺說道。

「或許妳們不小心拿錯了，要不要去找找？」

「就說沒有啊！自己的衣服，誰認不出來？怎麼會去拿錯別人的背心？」李宜樺的語氣有些強硬。

「我只是拜託妳們看看……」

「就說沒有啦！看了也沒用。」李宜樺的聲音大了起來，我看到杜明珍的臉色有點難看，趕緊道：

「會不會是林雅宣幫妳收了回去？」

「我問過了，她說沒有。而且她昨天和今天也沒洗衣服，不會去屋頂上晒衣服。」

「那會不會是……被風吹走了？」

「被風吹走？」杜明珍的眉頭皺了起來。

「對啊！還是妳回去再找找看好了，或許被妳放在那裡也說不一定。」我幫她設想不同的可能性，杜明珍的臉色稍霽。

「那我再回去找找看好了，如果你們有看到的話跟我講一下。我先走了，再見。」

「再見。」

我送杜明珍出去以後，回來見李宜樺的臉色不是很好看，我上前坐在她的身邊問道：

第六章

「妳怎麼了?」

「沒有啊!只是剛才那個杜明珍問話的意思,讓人不爽。她一直叫我們去找衣服,好像是我們拿了她的衣服似的,誰會拿她的衣服啊?又不是沒有衣服穿。」李宜樺不滿的道。

「她也只是問問而已。」

「要問不會去問別人啊!我們又沒拿她衣服。」李宜樺滿臉不悅,我趕緊將她的注意力轉回來⋯

「別說了,快點,妳的木村拓栽快要開始了。」

「對了!等一下看完電視,妳的鑰匙借我。」

「做什麼?」莫名其妙的。

「我的鑰匙不見了,一直找不到,等下妳的借我,我出去再打一把。」

「好。」

李宜樺話說完,才將注意力放回到電視上。

※　※　※

杜明珍有沒有找到她的衣服？我們並不曉得，因為接連兩天，我們都沒有碰到面。而且晒衣服時，也會格外注意，都會分出空間出來以做區隔，免得又有衣服被拿錯的事情發生。

不過自己的東西無緣無故的不見，心情肯定不好，我可以體諒她的心情。

從學校上完課，回到了家，才推開門，我就發現地上有一團奇怪的東西，又是紅色、又是白色、又是藍色的，是抹布嗎？我好奇的將它撿了起來。

這是什麼東西？破破爛爛的，像是被利刃剪過似的，我把書本放到玄關的鞋櫃上，將手中的破布在空中展開，漸漸的……我有不祥的感覺……

這……不是杜明珍的背心嗎？

這些背心不知道是不是杜明珍的，但都不是我和李宜樺的衣服，而杜明珍昨天才來過我們這詢問過她遺失的衣服，這些背心的形容很像是杜明珍的，我的心彷彿被陣寒風吹過……

這是不是杜明珍的衣服？如果是，為什麼會在這裡？

第六章

喀啦！

我嚇了一跳，拿著背心往後走，而李宜樺從大門進來，看到我時，兩眼不停眨動。

「茵茵，怎麼了？幹嘛站在門口？」

「沒、沒什麼，我剛回來。」

「妳手上拿什麼？怎麼地上也有？」李宜樺好奇的將地上的東西撿了起來，攤開來看，很快的，她的表情相當古怪，我相信我的表情也和她一樣。

「這……是什麼？」她問道。

「我也不知道，我一回來，就看到這些衣服在我們門口。」

「門口？」李宜樺疑惑的反問。

「對。」

由於這些衣服在出門前並沒看到，而回來後卻發現它攤在地上，是誰放的？是宜樺嗎？但宜樺比我早出門，她根本不可能放這些衣服在地上。

「這……是杜明珍的嗎？」李宜樺雙眼看著我，點出和我同樣的猜測。

「不知道，我不清楚，要找她來認領嗎？」

「不行！」李宜樺很快的說道：「衣服是在我們房間發現的，又被剪成這個樣子，如果找她來的話，說不定她會以為是我們偷了她的衣服。」

「那怎麼辦？」我拿著冰涼的衣物，卻感到它如燙手山芋。

「嗯……我也不知道……」李宜樺沉吟起來。

我和李宜樺兩人看著手上的衣物，心頭亂紛紛的，不知道該怎麼辦，而這時候李宜樺抬起頭來，望著我，連話也吞吞吐吐起來：

「茵茵，那個……」

「什麼？」

「這件事……跟妳沒關係吧？」

「妳在說什麼？」我迷惑的看著她，過了幾秒，我才懂她的意思，憤怒開始冒了出來，我叫道：

第六章

「這衣服是哪來的我真的不知道，不關我的事。」我連忙澄清。

「可是妳比我晚走，而且剛才妳又比我早回來……」

「我是比妳晚走回來沒錯，不過我也早妳回來沒幾分鐘，我才看到這些衣服時，妳就回來了，這根本不關我的事。」我快速的說道，感到相當的不悅，如果我們假設這些衣服是杜明珍的，那李宜樺這些話的意思，是指我偷了這些衣服？

「別生氣，我只是問問嘛！」李宜樺趕緊收話回去。

「真的不是我！」我還是感到憤怒，東西並不是我偷的，我更不可能把它毀壞成這樣子，李宜樺這話真的讓我感到相當受傷。

「我只是想知道事情真相嘛！這些衣服……」李宜樺將我手中的衣服拿了過去，突然蹲了下來，我壓下滿腔的不悅，問道：

「妳在幹什麼？」

「我在想……這些衣服會不會是從外面塞進來的？」

對喔！這些衣服質料又柔又細，觸感滑溜，如果從大門底下塞進來的話，似乎也有可能。可是究竟是誰？為什麼要這麼做？他為什麼要偷杜明珍的衣服？為什麼又要栽贓我們呢？

種種疑問在我腦海盤旋，我百思不得其解。

李宜樺站了起來，凝重的道：

「現在到底是誰做的，也搞不清楚，我看我們還是小心點，說不定有人闖了進來。」

「嗯。」

第六章

第七章

杜明珍的衣服無緣無故的放在我們房間，這事情在我腦海盤旋不去，總覺得有什麼我不知道的事情要發生，而我又無力阻止。未知的恐懼像荊棘的刺爪，緩緩的生長、纏繞……

憂慮揮之不去，如果宿舍真的有外人入侵，那……到底是誰？為什麼能輕易入侵我們的房間？而幾個月前我躺在床上，分明有不明人士在我的身邊，這個人和那個人……是同一個嗎？

思緒混亂起來，我不知道該怎麼釐清，只是被不明的恐懼困住。

「妳放棄了嗎？」

一個聲音在我頭頂上響起，我抬起頭來，是李宸凌，由於我坐著，就和當初躺在床上，是仰視著那個身影，恍惚間……我看到了那個黑影……

第七章

「啊？什麼？」我愣住了，不知道他在講什麼。

「妳不是一看到我，就會追上來，今天怎麼放棄了？」李宸凌在我旁邊的位置坐了下來。

這裡是學校的交誼廳，特定時間是給學生舉辦聯誼使用的，不過平時也是很多人來這裡聊天、讀書、討論報告，簡而言之，什麼人都可以來，會在這裡碰到李宸凌也不足以為奇。

「我常這樣嗎？」我已經在不知不覺中，老是黏著他了。

李宸凌含笑望著我，這幾天下來，我好像比較容易看到他的笑容，他的笑容很順眼。不過心頭始終有憂慮，讓我精神浮游。

「妳怎麼了？振作點。」

我勉強坐直身體，打起精神。「嗯。」

「發生什麼事了嗎？」

「就……」話才剛出口就卡在喉嚨，我不知道要怎麼跟李宸凌講這件事，更何況它還發生在我們大樓裡。

「什麼？」

高立仁的話又在我腦海響起。如果那件兇殺案發生在去年，又是我們學校的學生的話，那一年級的郭維寬自然排除在外，唯一可能的兇嫌，就是他和路行凱。

思及至此，我突然感到渾身顫慄。

李宸凌向來行為神祕，態度高深，讓人摸不著頭緒，他望著我的眼神，有種我說不出來的深意，我突然對他感到恐懼，話不知不覺保留起來。

見我不說話，李宸凌身體更向我靠近，我打了個冷顫。

「沒什麼，我有事要走了。」我站了起來。

「妳要去哪裡？」李宸凌有些急切，我則害怕他的接近。

「我等一下還有課，先走了。」雖然有些慌張，不過我還是力持鎮定，免得被他發現我的不對。

「我跟妳去。」

第七章

「不用了，我自己去就可以了。」收拾好桌上的講義，我胡亂的將它們全塞成一堆，抱在懷裡避免掉落，便迅速的離開交誼廳。

我跑得這麼匆忙，會不會讓他發現什麼不對呢？

我遲疑了一下，回過頭看了李宸凌一眼，他從他的位置上站了起來，似乎正要走向我，我的喉嚨像被捏緊似的，空氣頓時被抽走，趕緊跑離他。

※　　※　　※

其實我根本沒課，只是想離開李宸凌罷了，高立仁的話對我造成了不小的影響，再想到可能有人入侵我的房間，便感到恐懼。

明明知道不該風聲鶴唳，不過不安的感覺，仍在左右。

就像……就像……老是有人在窺伺我，那種感覺……就像有隻隱形的千腳蜈蚣，在我背脊爬行，冰冷的感覺讓我在大太陽底下，仍是冒出了冷汗。

誰？有人嗎？

我轉身一看，四周都是人，但都離我極遠。學校占地極大，各棟樓館距離不近，球場與道路也相當遼闊，然而那不安的窺伺感覺，還是如坐針氈，渾身都不對勁。

我感到焦慮起來，這種感覺，跟上次在圖書館一樣。

而圖書館那一次，李宸凌出現在我身邊，還有和郭維寘出去那一次，他也承認他跟蹤我，他似乎無所不在，總是在我身邊。

那……這次衣服被剪的事件，跟他有關嗎？

我已經不知道該怎麼辦了，紛亂的思緒不斷的旋繞，如果旋渦不停的往集中點流動，指引我到某個地帶……

「嗨！紀承茵……」

誰在跟我說話？誰？

我看著來人，一個有著比陽光還燦爛的笑容，出現在我眼前，笑容的主人我並不陌生，是路行凱，他怎麼會出現在這裡？

一陣噁心感湧了上來，我捂著嘴，感到喉嚨好乾，耳朵也作響了起來……

「紀承茵，妳怎麼了？」路行凱向我走了過來，我卻後退。

第七章

不、不要過來。

「妳的臉色很難看，不舒服嗎？」

想到路行凱也有可能是那個兇手，我的血管像是突的猛烈收縮，縮得我人好難過，連力氣都被抽走。

雖然我不想他靠近我，但他還是向我走了過來。

「紀承茵，妳怎麼了？還好吧？紀承茵？紀承茵？」

不……不要過來，拜託不要過來，不要……不要……不──

※　　※　　※

「中暑？」

「對，中暑。」

我躺在床上，聽著路行凱和保健室老師的對話，有些昏昏沉沉的，不過眼睛還是看著正在談話的兩人。

「那該怎麼辦？」路行凱一臉擔憂的問。

「只要多休息，補充點水分就好了。你可以去買些運動飲料給她喝，等會應該就沒事了。」

「喔！那好，我去買。」

路行凱正要往外走，回頭看著我時，我們兩個人的目光相視，他走上來微笑著對我道：

「紀承茵，妳休息一下，我去買個飲料喔！」

我看著他，不知有何反應，他的熱情讓我有些難以消受，而大樓裡所發生的事件，陰影仍存在我心中。雖然我並未身歷其境，但心頭總有份不安，壓著我喘不過氣。

我沒有道謝，路行凱也不在乎，他轉身朝外面離去，保健室裡只剩下我和保健室老師而已，我們兩人並未交談，而空氣中傳來她紙筆抄寫的沙沙聲，須臾：

「同學，妳先休息一下，我有事出去一下。」

「嗯，謝謝妳。」

第七章

我這也不過是小事，也不需要人陪。再說，有個我不熟悉的人在我身邊陪伴，感覺……怪怪的……

唯一讓我期盼的，竟然是那個如夢似真的黑影……

上次在我脆弱的時候，有隻大手陪伴著我，是他的吧？所以現在我躺在床上，自然的想起了他。只是我看不清他的容顏，也就想不起來他到底長什麼樣子，可是他隨時踏在我心房似的，彷彿踱個步，就可以讓我抓著他。

很可笑的感覺，對不對？

不過我卻很喜歡這種感覺，彷彿有個人，靜靜的在我心裡守候，必要時可以冒出來，給我力量……

我一定是還沒脫離少女時代，才會做這種不切實際的夢。

我將身上的薄被拉到肩頭，保健室的空調雖然涼快，但目前的我只感到陣陣寒意，還是保暖要緊。

我側了個身，面向牆壁，看能不能睡一下……

度……度……

有腳步聲，是誰回來了嗎？是保健室老師還是路行凱？速度真快，出去還不到五分鐘就回來了。

我轉過身，想看是誰回來時？一個力道卻襲上了我的脖子——

怎麼回事？發生什麼事？

我下意識的伸手抓住勒住我脖子的那雙手，眼睛睜得老大，赫然發現我竟然被人扼住喉嚨？誰？是誰？為什麼要這樣做？為什麼要殺我？

咳……咳……

我想咳，卻咳不出來，那個手勒得我好難受，空氣都進不來，我的整個下巴好麻，想叫也叫不出來，整個肺部像要委靡……

不，不……

我雙手揮舞，希望能找到什麼武器，可是身邊空空的，什麼也沒有，難道我就要莫名其妙的死了嗎？我的恐懼……要變成現實了嗎？

第七章

等一下！在我頭頂上方的是什麼？硬硬的……顧不得三七二十一，我用力的抓著唯一發現的東西，用力的往前敲了過去——

「啊呀！」

「怎麼了？發生什麼事？」

脖子的束縛頓時解開，我大口的呼吸，想要將所有的空氣全灌到我身體，一點也不留，我用力的吸氣，用力的喘息……

「匡啷！」

什麼聲音？

我抬起頭，看到路行凱急急的跑向窗戶，有個身影伴隨著飛天的玻璃碎片，離開了保健室，是他嗎？就是他殺我的嗎？

我用力的吸氣，沒空去想這麼多，而路行凱跑回到我身邊，滿臉擔憂‥

「紀承茵，妳還好吧？」

我還在大力吸氣，沒辦法說話。

「紀承茵，妳還好吧？妳說話呀！妳有沒有怎麼樣？妳說話啊！」路行凱伸出了雙手，我嚇了一跳！他也要殺我嗎？剛剛還有力氣反抗，現在力氣用盡，要是他再殺我的話？我怎麼辦？

我還來不及大叫之際，路行凱的雙手抓住了我的肩，用力的搖晃……

「紀承茵？妳還好吧？妳說話呀！妳說呀！妳說呀！」

喔……他在幹什麼？我快吐了，就算我沒被剛剛那個人殺死，也會被路行凱搖死，看來我再不說話的話，小命可能不保。

「我……我沒事……」我虛弱的道。

路行凱終於停下了手，看著我。

「妳能說話？妳沒事。」

「對，我沒事。」我看著剛剛被我敲擊的武器，是一個手機，小雖然小，但剛剛我用的力道一定很大，才把那個歹徒擊退。而現在這個手機，已經躺在地上，發出奇怪猶如秀逗的聲音了。

「怎麼了？發生什麼事了？」保健室老師跑了進來，驚訝的看著周遭。「我的手機，為什麼在地上？你們誰把他弄壞的？啊——」她尖叫起來：「窗戶是怎麼回事？你們弄壞的嗎？」

「不，不是。」路行凱連忙搖頭。

「不……不是。」雖然身體很虛弱，不過我還是為努力辯駁，而現場的狼藉，讓我們遭受了更多的砲轟。

※　　※　　※

「原來如此，你們為什麼不早講？」保健室老師在我的脖子抹上藥之後，怨懟的道。

「我們要講，只是妳不讓我們講而已。」路行凱無辜的道，我看到保健室老師瞪了他一眼，繼續回過頭對我講：

「擦了這個藥，很快就消腫了。」

「謝謝。」

「妳知道是誰攻擊妳的嗎？」保健室老師問道，我搖著頭，動到脖子的傷痕，我停下疼痛的脖子，用嘴巴回答：

「不知道……」連聲音都沙啞了。「我沒看清楚。」

「我幫妳報告學校，必要時要報警。」

「要嗎？」我遲疑著，我不知道要不要報告？報了又如何？會不會引來更多的麻煩？這裡是學校，發生這種事，學校會怎麼看待我？

「報呀！當然報。」大概是看我不回答，路行凱在一旁搭腔。

「可是……」

「沒什麼可是，生命都有危險了，那有那麼多可是，我有認識的警察，要報案的話，我幫妳，妳放心，不會有事的。」路行凱拍著胸脯保證，我則撫著發紅的脖子，腦海不由浮出剛才的景象……

如果……剛才那個手機沒放在那邊的話，或著是，路行凱沒有趕回來的話，我是不是……

第七章

我渾身發抖，彷彿那個歹徒還在身邊。

空調對我來說已經夠冷了，如今再加上這檔事，更叫我全身的寒毛都立了起來，我的身體全都處於警戒狀態……

※　　※　　※

回到宿舍，送走了路行凱，我神經質的將所有窗戶全都關了起來，連有鐵窗的陽臺，也把窗戶關緊，而大門也用鑰匙轉了兩、三圈，一直到底，免得有歹徒跑進來。

我的恐懼不是無來由的，是真的。

本來只是以為我過於敏感，沒想到竟然發生這種事，這毛骨悚然的感覺，還有最近發生的事情，都是針對我而來嗎？這讓我感到十分恐慌，我還會有生命危險嗎？

我窩在房間，連房間門也鎖起來，窩在床上。我還能去學校嗎？會不會有人隨時要殺我？我還能踏出這個門嗎？萬一又被襲擊怎麼辦？這裡太不安定，我還能繼續待下去嗎？

等等！外面有聲音。

我的血液全衝到腦子，臉上卻毫無溫度，有人進來了嗎？是歹徒嗎？他怎麼知道我住在這裡？怎麼找來的？

走開！快走！快……

「茵茵、茵茵，妳在嗎？」一個焦急的聲音從外面傳了進來。

是李宜樺，我鬆了口氣。她在的話，表示外面沒歹徒，我安下了心，上前將門打開。

「茵茵，妳沒事吧？」李宜樺滿臉憂急。

「妳……知道了？」

「對啊！路行凱來找我，他說妳出了事，要我回來陪妳，我就趕快跑回來了。妳怎麼樣？還好吧？」她的視線落在我脖子。「妳真的……被攻擊？」

「嗯。」連點頭都有點難受，我盡量保持脖頸不動。

「到底是怎麼回事？」李宜樺拉著我坐下來。

「我也不知道。路行凱沒跟妳講嗎？」照他的個性，應該不可能吧？

第七章

「他講了，我本來還不相信，不過看他那麼緊張，我想他應該不可能騙我，就趕緊跑回來。天啊！妳真的被攻擊？為什麼？」

「我也不知道。」

「報警了嗎？」

「學校方面幫忙報警了。」路行凱陪我向學校報告，幫了我不少忙，我非常的感謝他。想到他可能是這棟大樓兇案的兇手，我的心情複雜起來……

「那就好。那妳還要去上課嗎？」

「課還是得上呀！」我知道有人要殺我，可是學校的課還是得上。然而想到出了這個門就等於曝露危險中，我感到恐懼。

「萬一出事的話怎麼辦？我看以後我們都一起出門好了。」李宜樺的建議我非常感動，不過還是有問題。

「不過我們課的時間不一樣。」

「沒關係，我會找人來幫忙。」

「找人？」她能找誰？

「李宸凌呀！路行凱呀！郭維寬呀！找這幾個大男生來幫忙，請他們下課時間陪妳，就不會有事了。」

她點名的這幾個都是讓我恐懼的人，我連忙搖頭：

「不、不用了。」喔！好痛，我趕緊停下搖動脖子。「我自己去學校就可以了。」

「可是妳很危險，萬一那個兇手又出現的話怎麼辦？」

跟這幾個人在一起，說不定更危險。這麼說也許不公平，更何況今天路行凱還幫了我不少忙，但想到那份恐懼，我還是注意一點。

「我自己再想辦法。」

「妳喲！我看妳乾脆找個護花使者，整天跟著妳，這樣妳就沒事了。」李宜樺沒事又扯到這邊，我惱怒的瞪著她。

「李宜樺！這種時候妳幹嘛又講這個？」

「我是認真的耶！」

「妳……」真受不了李宜樺這顆腦袋，定要天下都是有情人的瑰麗憧憬。我被她打敗了。

不過被她這麼一鬧，心情好像沒那麼緊張了。

至於護花使者……誰不希望呢？不過目前我身邊並沒有人，而且事到臨頭，護花使者還會在嗎？

我搖了搖頭，對自己的想法感到可笑起來。

※ ※ ※

「宜樺，到這裡就好了，妳先進去吧！」我在李宜樺她的系館前停了下來，要她別再跟了。

「我跟妳去教室。」

「不用了，我的教室還要一段路，而且現在人這麼多，應該沒事。」我和李宜樺的系館距離不近，走路也要個五、六分鐘，要她送我到教室再回來，太麻煩了。

而且現在人來人往，應該不會發生事情吧？

「嗯，好，那我先進去了，妳小心一點。」

「再見。」

我轉過身，朝自己的系館而去。

雖然昨天發生那種事，讓我心生恐懼，但也不能因為如此，就連學業都擔誤了。我只能硬著頭皮，回到學校，並盡量晚出早歸，總行了吧？

還好現在大白天，人來人往的，我盡量不要一個人落單。

我繼續往前走，差幾步就快到系館了，不過在這個時候，詭異的感覺又襲了上來……

那種感覺……令人很不舒服，就像在叢林裡，有雙虎視眈眈的眼睛，正窺視著我，我的背後彷彿有千腳蜈蚣，在背後攀爬，那種又悶又燥的感覺，怎麼也擺脫不了。

我開始心跳加快，身體又開始遭受壓力……是我又要中暑了嗎？還是那奇詭的感覺讓我不安？頭有點昏眩，步伐也開始輕浮……

第七章

「紀承茵，妳怎麼了？」

一個手臂如鋼鐵般箍住了我，我嚇了一跳！叫了起來——

「啊！」

「妳怎麼了？妳還好吧？」

是李宸凌？他怎麼會出現在這？看到他，我心慌起來，恐懼又浮了上來，雖然這只是不著邊際的感覺，但我卻無法忽略。

「你怎麼會在這裡？」我看著他，喘起氣來。

「聽說妳出事，所以我……」

「所以你跟蹤我？」因害怕而產生的恐懼，讓我對他起了憤怒，他竟然跟在我後面，偷偷的跟蹤我？

「不，我只是……看妳需不需要幫忙。」

「不用了，如果你可以停止偷偷摸摸的行為，我會更好。」因憤怒而宣洩的龐大壓力，我在他身上找到出口。

「我……我不是故意的。」他黝黑的臉色有些灰白。

「管你是不是故意的，你不要再在我身邊了。」

「妳為什麼……那麼生氣？」李宸凌一雙如被火灼亮的眼睛看著我，面對他的質問，我有點愕然了。

是啊！我幹嘛那麼生氣？也不管適不適合，他能不能容納我的情緒，就對著他咆哮。

他是嗎？是我恐懼的根源嗎？

而從認識他到現在，他的背後，有著不為我知的祕密，他的隱藏，讓我對他的負面情緒不斷的累積。

再加上昨天遇到的攻擊事件，我已經心力交瘁，很想要有個宣洩，面對李宜樺時，我都沒有這麼放肆，然而面對李宸凌時，那股情緒，就無可遏抑的傾洩出來了。

而他如同一個巨大的海綿，吸收著我的情緒，也沒有反抗。

我可以這麼做？他是什麼人？我跟他並沒有關係呀！他這樣子……讓我心慌

第七章

起來……

「反正……你不要在我身邊就是了。」我朝他喊了一句，飛快的向系館跑去。

在進入系館大門口時，我回過頭一望，他還站在原地……

第八章

事情過了幾天，我心中的恐懼也稍微淡去，但出門在外，還是保持警覺，而李宜樺這幾天也都陪在我身邊，剩下的時間，我都跟著班上的同學，或是早點回到家，盡量不讓自己一個人落單。

那種事情，發生一次就夠了。

警方目前還找不到人，究竟是校內學生還是校外人士所為，是偶發事件還是蓄意都不清楚，聽說他們採集了歹徒破窗而出，灑落地上的幾滴血液回去做驗證，但什麼時候才能抓到兇手啊？

更重要的是，他為什麼要殺我？我有什麼地方得罪他了嗎？我從來沒有得罪過人啊……

「紀承茵，等一下沒課，我送妳回家。」戴可伶說道。她也清楚我被攻擊的事情，基本上，現在學校沒有一個人不知道了吧？事情發生的當天，警察還來學校呢！學校有不少人對我關心，令我受寵若驚。

「那妳怎麼辦？」我擔心她隻身一人在外。

「現在是大白天，不會有事的啦！再說，等會妳先陪我去找立仁，我們兩個護送妳回去，他再送我回家。」

「好啊，那……謝謝。」

「這又沒什麼。對了，我昨天和班代去看梁禹皓，他也知道妳被攻擊的事情，還向我問妳怎麼樣了？」

梁禹皓？我已經很久沒想到他了。

事實上，他已經差不多兩個禮拜沒來學校了，聽說他得了猛爆性肝炎，前陣子還陷入昏迷，急救之後已經甦醒，醫生吩咐他在醫院休息，所以他已經好一陣子沒來上課了。

雖然他曾經背叛過我，劈腿是不爭的事實，但先前和他交往的情誼也還在，我不可能無動於衷⋯

「他怎麼樣了?」

「還不是那樣,我看他很關心妳,妳要不要去看他一下。」

從他住院以來,周遭又發生這麼多事,我一直沒去看他,而他在醫院還問起我的消息,令我心頭一暖。

縱使當不成情人,也能當朋友吧!畢竟我們也有個情分在。

「我去看他……好嗎?」都這麼久了,我才去看他,未免也太矯情。

「好呀!有什麼不好,他一定很高興妳去看他。」

「是嗎?」

關於我和梁禹皓,那似乎是上輩子的事了,現在的我,已經想不起是否曾經愛過他,只知道我和他的交往,還有份情誼。

被人關心的感覺是好的,或許我應該去看他一下。

※　※　※

我找了個時間,到了醫院,戴可伶帶著我走到梁禹皓的病房門,只是在門口時,

第八章

我遲疑了，不知道等一下要怎麼跟梁禹皓講話。

「都來了，就進去吧！」戴可伶在旁鼓勵我。

「可是……」

「沒事的，進去吧！」戴可伶把我推了進去，我要拒絕也來不及，而梁禹皓躺在床上，見到我的到來，有些訝異。

「承茵，妳來了？」他又驚又喜，像是要從床上跳起來似的，要不是手上還打著點滴，我看他已經衝過來了。

我和梁禹皓兩個人對望，有些尷尬，我試著化解：

「你……你還好吧？」

「還好。」梁禹皓從床上坐了起來，我看他的臉色還是有點憔悴、虛弱，起身挺費力的，連忙說道：

「你躺著就好。」

「我沒想到妳會來。」梁禹皓看著我，眼睛閃著激動的光芒，我被他這種眼神看得有點心慌。

「你……怎麼會住院？」

「醫生說是猛爆性肝炎。」

「猛爆性肝炎？那是什麼？」我對猛爆性肝炎不是很了解，覺得梁禹皓身強體壯的，怎麼會得猛爆性肝炎？

「簡單來說，就是急性肝炎。是由肝炎病毒，或著是藥品、毒物所引起。」戴可伶在旁邊回答。

「你為什麼會得猛爆性肝炎？」我問著梁禹皓。

「我也不清楚，醫生說有可能是食物中毒。不過我的飲食都很正常，平常吃也都沒事，不知道這次為什麼會得猛爆性肝炎？不過還好沒事。」

「沒事就好。」

「你們聊一下，我馬上回來。」戴可伶說著就要往外面走。

「可伶……」我連忙抓住她，但戴可伶丟給我一個眼神，什麼話也沒說就跑走，剩

第八章

下我和梁禹皓兩人，氣氛更加難堪。

先前的幾次相聚不太愉快，由其是最後一次見面時，他還跟郭維寬動手，這一點讓我有個芥蒂，一時間，不知要如何開口。

「聽說妳被攻擊，還好吧？」我還不知道要說什麼，梁禹皓已經開口了。

「還好。」

「歹徒抓到了嗎？」

「還沒有。」

「有受傷嗎？」

「沒有。」我拉了拉繫在脖子上的領巾，他應該還沒注意。

「我……等妳來看我，等了很久了。」梁禹皓突然說道。

我淡淡的回答：「你有別人照顧，我也不用來啊！」

「什麼意思？」

「你不是又交了新的女朋友了嗎？」我的語氣很淡，心中是有些影響，但衝擊比我想的來得小，甚至歸零。

「妳說什麼？」梁禹皓睜大了眼睛。」

「你已經對我沒有心了，既然如此……我們也沒什麼關係了。」既然來了，我就決定把話講清楚。

「我對妳沒有心？我一直都很喜歡妳。」梁禹皓大聲了起來。

「既然喜歡我，又為什麼會跟別的女孩子在一起？」雖然已經對他沒有什麼感覺了，但想到那次的背叛，還是有受傷的感覺，只是不像最初那麼疼痛。

「我？我哪有跟別的女孩子在一起？」梁禹皓看起來相當吃驚。

「期中考結束的時候，我去找你，你不是跟一個女孩在一起嗎？你們還……在接吻……既然如此，我也不想讓你為難，所以……我們分手吧！」終於將心裡的話講出來了，我和他的關係，可以釐清了。

梁禹皓睜大著眼睛看著我，臉色相當難看，半晌，他吐出：

「不是這樣的……」

「過去就算了，別再說了。」我笑笑的道，心中已經豁達。

「不，不是這樣……」梁禹皓從床上坐了起來，我看他行動困難，趕緊上前扶住了他，但很快，我發現不對，分手的我們這樣的行為並不適宜，於是我很快的退開。

梁禹皓坐在床上，看著我，臉色灰白，嘴裡吐出：

「我承認，那個女的對我有意思，所以那次她來找我，還主動的吻我，但是我很快就甩開了她，我不知道……妳看到了。」

「沒關係。」

「原來，這就是妳不理我的原因……茵茵，那只是場誤會，我並沒有出軌，那只是那女的一廂情願。那件事之後，我一直找妳，妳卻不理我。現在把事情講開了，這一切都只是場誤會……」

「不，你聽我說。」既然如此，我就決定把話講清楚：

「其實這陣子我想過，我們兩個人……或許曾在一起過，但似乎沒有到心靈相通的地步。我並不是說我對你沒感情，而是我們的交往，你不覺得少了點什麼嗎？」

「什麼?」

我深吸口氣，繼續道：

「真正戀愛的感覺。我們的交往，似乎只是理所當然，你記不記得新生訓練時，大家見我們兩個人的生日一樣，就起鬨把我們配成一對，而我們也為了不辜負大家的美意，就在一起了，感覺……很應付。」

梁禹皓默然了，似乎在回想。

「所以我才覺得，我們兩個在一起，就是少了那感覺，只是先前不太清楚，還一直走下去，後來我發現，我看到你和別的女孩子在親吻時，不是心痛……只是覺得背叛而已，但沒有很傷心，是很悶……或許我不夠愛你，我很抱歉……」這些話在我心中多日，終於把它說出口。

「茵茵……妳變了。」梁禹皓表情木然，看不起有情緒波濤。

「或許吧!」人總是會變的。

「其實……我還蠻喜歡妳的，聽妳這樣說，我有點難受……」

我沉默不語。

「這些事情我先前的確是沒有想過，也不知道造成妳的困擾，聽妳這麼一說，我們之間到底是友情？還是愛情？我也不知道……我有機會去證明嗎？」

我只是笑著，連我自己都不知道。

「可以重新開始嗎？」

我沒有講話。

「還是……妳已經心中有人了？」

「沒有啦！」我趕緊否認。

「真的沒有？」

「沒有。」

「那我還有機會囉！」梁禹皓這話一出，我大驚失色，而梁禹皓看到我的表情，苦笑的道：

「我有那麼可怕嗎？」

「不是……」

「那幹嘛聽說我要追妳，就那麼緊張？別緊張啦！就算不能當男女朋友，我們也可以當朋友啊！至於愛情還是友情，以後再說吧！我想……我們就歸零，當作重新認識吧？」

「嗯。」

梁禹皓的理智讓我鬆了口氣，他並沒有那麼難溝通，或許先前我們要是早點談的話，就不必搞到後來這樣子了。

他的釋然讓我反倒覺得自己器量狹小，有點對不起他。

「你……不生氣嗎？」就算他生氣也很正常，他這般平靜，倒令我有些擔心。

「生氣……也沒用，在這裡住了一陣子，我也想了一些事情。上次的事，我很抱歉，妳那個朋友還好吧？」他講的是郭維寬。

「還好。」

「妳不生氣了？」

第八章

「嗯。」我低下頭，看著自己的鞋子。和他談開之後，也不知道要講什麼？我要怎麼跟他相處？恐怕還得適應一段時間。「我……我先走了。」

「嗯，有空記得來看我。」

「好。」

我步出了房門，將房門關好，戴可伶就站在門口。她看到我走出來時，迎了上來。

「你們在講什麼？」

「妳想知道什麼？」

「妳跟梁禹皓到底在講什麼？告訴我啦！」戴可伶滿臉好奇，我只是淡淡的道：

「妳要不要去吃東西？」

「啊？不講啊！虧我們還是朋友耶！」戴可伶相當失望，我看醫院人來人往的，把她推到一旁。

「以後再講啦！」

「好。」

我和戴可伶準備離開，在轉角的地方，見到一個女孩在找病房號碼的樣子，我見她的模樣十分熟悉，印象帶動情緒波濤，就是上次去找梁禹皓時，和他擁吻的那個女孩子……

那女孩對他一廂情願……是認真的在愛吧？她可能比我更適合梁禹皓。

不過我已經沒什麼感覺，我從她身邊走過，來到了電梯前，看著指示燈從十樓跳到六樓，門打開後，我們走了進去。

※　　※　　※

和梁禹皓談過之後，我覺得輕鬆許多。雖然明白他並沒有背叛我，不過關於情人，或許本來就不存在。

和他的那一段，就當是個學習吧！

現在的我，還是多注意自己吧！自從攻擊事件之後，我變得格外敏感，稍有風吹草動，都會讓我心驚。

我不知道這種症狀，什麼時候可以消失？我好希望有一個人可以保護我，將我攬在他的懷裡，拍著我的肩膀，要我不用怕，所有的事情，他會處理，就像夢裡的那隻大手一樣……這樣的人，會出現嗎？

我快走回大樓了，在離幾步之遠時，抬頭看了這棟住了也快一年的屋子，不知道要不要換地方住？

不過在合約未滿之前，冒然解約可是有違約金的。我不過是個學生，這筆錢對我來說還是有些負擔，還是暫時按兵不動吧！

我拿出鑰匙，正要打開大門……

「小心！」

一個力道將我往前推，我措手不及，整個人趴在地上，只來得及用手撐著地上，然而跟地面的摩擦讓我手掌劇痛起來，我叫了出來！

「啊！」

「紀承茵，妳還好吧？」

我勉強站了起來，看到磨破的褲管，再看到自己發紅的手，回頭看著推我的那個人，竟然是李宸凌。

「李宸凌？你做什麼？為什麼要推我？」手掌側邊傳來的痛楚讓我發火，對著他咆哮。

「妳自己看。」李宸凌指著我剛剛站著的地方。

我愕然……那是一個盆栽，裡面的植物和土壤已因為重力加速度而散落一地，然而那個盆栽……如果掉在我頭上的話，後果不堪設想。

如此一來，我胸口來不及竄升的怒火已熄滅。

「謝……謝謝。」

「妳還好吧？」

「沒事。」我仰頭看著上面，是誰那麼不小心，讓盆栽掉下來？

「妳的手都受傷了，快點回去消毒擦藥。」

「我自己來。」我想到剛才那串鑰匙呢？剛剛被他這麼一撞，早已不知跑哪去了？

第八章

「在這裡。」李宸凌像是知道我在想什麼，在角落找到了鑰匙。

「還給我。」

「我幫妳開。」

「不用了，我自己來。」

「妳的手都受傷了，我幫妳就好了。」李宸凌將我的鑰匙還給我，拿出了他的鑰匙。由於鑰匙是房東發給住戶的，所以長得都一樣，李宸凌將大門打開，我遲疑了一下，李宸凌拉著我的手。「進來吧！」

和他單獨在一起，讓我緊張起來。

本來對李宸凌有種我說不出來的感覺，然而在得知這棟大樓曾經發生過的事情後，我對他開始產生恐懼，害怕與他獨處。

如今他要送我回家，我更不知如何是好。

進了電梯，他就在我旁邊，那頎長的身軀讓我頓覺壓迫，想要逃開，不過事與願違，他還是送我到了五樓。

「謝謝，我自己進去就好。」

「嗯。」

打開門，我很快進去，然後關門，呼出一口氣，還好他沒有跟進來，要不然我不知道要如何面對他。

他會是這一切事件的主因嗎？是這一切迷霧之後的黑手嗎？

在這一棟大樓的任何人都有可能，但如果是他的話……不知道為什麼，我的心頭沉甸甸的，壓得我相當難受……

是他嗎？會是誰？還是另有其人？

縈繞在我胸口的迷霧像隻黑蛇，緊緊的纏住我，甚至矇住我的雙眼，我什麼也不清楚……

「鈴鈴鈴！」

我嚇了一跳！回過神來。

原來是門鈴響了，這時我才發現我在門口站了好一會。這時候李宜樺應該不會回

第八章

來，那會是誰？

我小心翼翼的打開一條門縫，從裡面望出去，見是李宸凌。

「有什麼事嗎？」

「這個……給妳。」

「什麼？」

李宸凌伸出手，我看了一下，在他的手上是條藥膏，我沒有接過，只是抬起眼來，問他：

「做什麼？」

「妳的手受傷了，這個藥對傷口癒合滿有效的。」

「喔！好，謝謝。」我遲疑了一下，還是接過了藥，然後關上了門。等我想到時，才發現會不會關得太快了？這樣把他拒於門外，似乎不太恰當。

不過……這種時候，也管不了那麼多了。我對於自身的安全，還是比較在意。

看著攤在掌心的藥膏，還是先去清理傷口，再擦藥吧！

※　※　※

「盆栽怎麼會掉下來？」李宜樺低頭去電視下的櫃子翻找，以前用剩下的紗布，不過因為我雙手困難，就請李宜樺幫我代勞了。

從她發現我的手受傷時，就一直不斷的提出問題，就算在尋找紗布時，還一直在講話。

「我也不知道。」

「是誰這麼不小心，妳沒去找他理論嗎？」李宜樺背對著我，口氣不是很好，她在為我不平。

「不知道是誰，怎麼找？」

「那還不簡單，這兩邊看誰家有種盆栽？問他們有沒有缺少？就是那戶人家了……找到了。」李宜樺呼叫一聲，站直身體，她的手上拿著紗布。

「太麻煩，算了。」

「這可不是開玩笑耶！要是不小心打到頭的話怎麼辦？可是會出人命的。」李宜樺

第八章

邊說，邊將紗布打開，蓋在我的手上。「妳剛剛說李宸凌救了妳，要不是他的話，妳早就腦袋開花了。」

「嗯。」

「真巧，他怎麼會剛好救了妳？」

「剛好經過吧！」我輕描淡寫的道。

「剛好？不是故意的嗎？」

「妳想說什麼？」我蹙起了眉。

「妳不覺得這幾天，我都沒有跟妳去學校嗎？」李宜樺低下頭來，我可以察覺到她在悶笑。

李宜樺沒跟我一起去學校，因為我們課本來就不同，作息也不同，要她一直配合我，也太為難她了，所以如果她沒有開口的話，我也不好要求她和我一起出門。

不過李宜樺這樣說……似乎話中有話。

「什麼意思？」

「因為我知道有人會保護妳呀！」

「妳在說什麼？」我莫名其妙。

「我覺得我還是跟妳講一下好了，要不然李宸凌很可憐耶！」李宜樺抬起頭來，認真的道：

「上個禮拜妳不是被攻擊嗎？李宸凌有來找過我，問我事情發生的經過，他知道妳很恐懼，就說他會注意妳，後來我才發現，這幾天妳上下課，他都跟在我們後面，我知道他在保護妳，所以這兩天才沒有跟妳一起出門。」

「什……麼？」我大吃一驚！腦子彷彿被人敲了一記，轟轟的作響！李宸凌他在保護我？為什麼？

「他喜歡妳呀！妳不知道嗎？」

轟！

我的臉上灼熱，腦筋像是有沖天炮在裡面飛竄，有點暈眩……李宸凌喜歡我？怎麼可能？

「妳……妳在胡說什麼？」

「我哪有胡說？他前幾天不是跟在妳後面，還被妳罵嗎？」

「妳怎麼知道？」

「我昨天遇到他時，在電梯裡我問他還在注意妳嗎？他說妳不喜歡他跟著，所以都偷偷的來。妳想想，一個男生如果不是喜歡一個女生的話，怎麼會這麼做？」

我的雙頰灼燙，有點輕飄的暈眩。「這怎麼可能？妳……妳在亂說。」

「我才沒有亂說！我看他一定喜歡妳很久了，要不然怎麼會就算被罵，也要偷偷保護妳呢？」

「他又沒說，況且……他……他……」

「他怎麼了？」

話說神祕，行事詭異，我總覺得他在隱瞞什麼，想要追問，卻問不出來，讓我自憑臆測，卻得不到答案。

還有這棟大樓曾經發生過的事，讓我心存疙瘩。

我沒有說話，李宜樺繼續道：

「妳就注意一下他吧！李宸凌是個好人，雖然話少了點，不過人是蠻熱心的。妳上次在屋頂，不就是他救了妳嗎？」

「那次……」被李宜樺所講的話令我太過震撼，一時說不出話來。

「妳就跟他交往看看，說不定會有意想不到的結果。」

「妳幹嘛一直說他好話？他是妳什麼人？」

「我們都姓李呀！」這是什麼答案，難道因為他們同宗，所以李宜樺一直幫他講話？

「妳……包好了是不是？我要進去了。」我尷尬的站了起來，迅速的跑回房間，隱隱間，還可以聽到李宜樺從我身後傳來的笑意。

第八章

第九章

喜歡我？李宸淩他喜歡我？

李宜樺所說的事，在我心裡造成了不小的衝擊，我從來不知道他喜歡我！那麼……他常常跟著我，也是因為喜歡我？

這個認知讓我渾身發熱，不知如何是好。

喜歡我？他喜歡我？他神神祕祕、欲言又止的態度，就是這個嗎？因為他喜歡我，不敢說出口，所以才讓我覺得他奇怪嗎？

心底開始發燙，頻率也跳得好快，我想不通為何知道李宸淩喜歡我後，會有這種反應？

那……大樓裡曾經發生過的事呢？

由於發生過太多事情，甚至還被人襲擊，我實在無法安心，對李宸淩，我既恐慌

第九章

又擔憂，深恐他是這些事件後的主嫌……

為什麼我會這麼擔心？為什麼我會這麼害怕他是我恐懼的根源？

意識到這一點，我不禁十分訝異，莫非……我對他……有著連我自己也不知道的情愫嗎？

我煩亂的往前走，等我發現不對時，已經過了校門，才又跑回來，從校門進去學校。沒想到自己會這麼迷糊，都是他害的啦！

我記得李宜樺說過，他都在偷偷的保護我？那麼，這時候，他會不會也在我的後面呢？

想到這裡，我停下腳步，往後一轉，陸續有學生從門口進出，但並沒見到他。

他……真的在嗎？會不會只是我的一廂情願。

我咬著下唇，重新轉過身，慢慢的往前走，再以迅雷不及掩耳的速度向後轉！

李宜樺的話沒錯！他真的在我後面，不過七、八步距離。

李宸凌看到了我，我發現他的身體一僵，臉部呈不自然的抽動，試圖平靜下來，不過眼底的慌亂是怎麼也掩飾不了。

我大步上前，面無表情，走到他的面前，停了下來。

「你跟蹤我？」

「沒……沒有……」李宸凌低下了頭，話說得好慢，分明就是做賊心虛，讓人根本無法相信。

「那你為什麼在這裡？」我咄咄逼人。

「我……來上課。」

「你不用打工嗎？」我記得他這時候應該在上班，不過看他的眼神慌亂，就知道上課只是個晃子。

我不客氣的上前兩步，抬頭看著他。「你、跟、蹤、我。」

我從來沒有看過一個男人臉皮那麼薄，明明已經黝黑的皮膚，還是泛著紅暈，羞澀的樣子讓人只想逗弄，而他靦腆的樣子讓人發噓，然而他渾身散發出來的魅力又像勾子一樣，讓我的人不斷往他前進。

第九章

「對不對？」我覺得自己很惡劣，卻又忍不住欺負他。

「沒、沒有。」他還在搖頭，那雙明燦的雙眸一直沒落到我身上，我有點生氣了。

「你明明就一直在我身後，為什麼不肯承認？」

李宸凌沒有講話，他的雙眼沒有著落點，有時候與我的目光交會，很快的又撇過頭，彷彿我不存在似的，我真的很不爽！平常在他的瞳孔都可以看到我，為什麼現在卻完全忽略？

氣惱之下，我脫口而出：

「幹嘛要偷偷摸摸的，要跟就正大光明的跟啊！」

※　※　※

咦？什麼？我在說什麼？

當話一出口時，我自己也愣住了，不敢相信這句話是我講的。而李宸凌更是滿臉的不可思議，彷彿我說了什麼驚世駭俗的話。

「妳……妳說什麼？」

「沒、沒有啦！」

「李宜樺都告訴妳了是不是？」被他這麼一問，我反而有點支支吾吾的，不知道該怎麼回答，如果承認的話，不是表示我知道他喜歡我了嗎？而我……我故意看著旁邊的風景，卻無可避免看到他那張離我太近的臉……

這時候我才發現，原來我靠他這麼近……

「你去問她。」我耍賴的道。

「她跟妳說了。」李宸凌不再逃避我的視線，兩隻灼亮如驕陽的眼睛一直望著我，現在我不僅在他的瞳孔裡看到我，被他這樣看著，我覺得我都快要被灼傷了。

「我……我要上課了。」我轉身離開，藉以逃避他的視線。

以往見到他那雙晶亮璀璨的眸子時，總是搞不懂為什麼會心慌，總以為是恐懼，現在赫然發現那是悸動……

對他？為什麼？

應該是恐懼他、排斥他的呀！然而心卻撲撲跳，跳得好快，總是沒來由的想靠近他，卻又想逃得遠遠的。

為什麼？在這個男生的身上，我會有這麼強烈的感覺？

旁邊有人跟了過來，我一看，竟然是李宸凌，他併步跟我走在一起，我又羞又惱著問道：

「你幹嘛跟在我旁邊？」

「妳說……不可以偷偷摸摸，那我就……正大光明。」李宸凌說這話的時候時，還不好意思的搔了搔頭，我則因為他回砸我的這句話，臉上熱燙不已。

「你……隨便你啦！」

※　※　※

自從我說要他正大光明出現，他就再也沒有躲起來過。他總是大剌剌的跟著我身邊，和我一起出門，我後來才知道，他為了要保護我，還把工作給辭了，全天候的跟著我。

知道這個，說不感動是假的，我這時才發現，原來先前對他的恐懼，其實只是杞人憂天，太多慮了，差點把對他的信任給賠了進去。

會對他這麼放心，我第一次發現，原來我對他……有所謂的感覺……

那種感覺……是喜歡？還是愛？

我有點搞不清楚，我要是搞得清楚的話，也不會在百轉千回之後，才發現他就陪在我身邊，而我……竟然似乎早就在等待他的出現……

「紀承茵！」

我正要踏進系館時，背後傳來戴可伶的聲音，我一轉頭，見她驚慌的朝我跑了過來。

「剛剛……妳跟那個男的一起過來嗎？」她緊張兮兮的問道。

我朝她指的方向看去，李宸凌消失在我們的視線，我點了點頭。

「對啊！」

「立仁不是說過，他是住在那棟發生過兇案的屋子裡嗎？」戴可伶滿臉不安，一副李宸凌就是兇手的模樣。

「對啊！不過學長不是也說，他不知道誰是兇手嗎？」

「都不知道，妳還繼續跟他在一起？」

「又不一定是李宸凌。」我不服的為他辯解。

戴可伶一愣，嘴巴動了一動，又說：

「話是沒錯，可是在事情還沒查清楚前，妳不是應該要小心一點嗎？跟那樣的人在一起，不會太危險嗎？」

「他不會有問題的。」我信誓旦旦的道。

「妳怎麼知道他沒問題？」

「就……」我總不能跟戴可伶說他正在保護我，等一下下課時，李宸凌還要過來接我。這麼一來，不就表示我們的關係不尋常？

念頭一轉，我只是逞強的道：

「反正他沒問題就是了。快上課了，我們快進教室吧！」我轉身藉以逃避她的問題，這時戴可伶的聲音又從後面傳來：

「紀承茵，妳……該不會喜歡他吧？」

「怎麼可能！」我很快的回答，口是心非的道：「我只是……跟他走在一起而已，我們又沒什麼……」自己這樣講，連自己都沒辦法信服。我看戴可伶也是滿臉不信，趕緊轉移話題：

「妳要不要上課？都打鐘了耶！」

※　※　※

會為李宸凌說話，連我自己都很訝異。下意識的，我不希望有人抹黑他，為了一個未經證實的傳言，就把他否定，對他是不公平的。

不過心頭的疑惑，並未因此消散，因為發生在我身邊的事情，曾經危及到我的生命。然而有他陪伴，我卻覺得安心許多，或許他能夠陪我解開這層層迷霧。

「在想什麼？」

「呃？沒什麼。」我回過神來，李宸凌就坐在我旁邊。此刻我們正坐在校園的草皮上，兩個人在綠蔭底下，相當涼快。

而我喝著他給我的珍珠奶茶，全身暢快許多。

看著杯子印著店面專有的標誌，我想起他為我而辭去工作，心下不禁充滿歉意，問道：

「對了，你沒有打工，還請我喝東西，這樣……你有錢嗎？」住宿在外的學生，不光是房租，最基本還有伙食費，如果不是靠家裡資助的話，就要去打工賺錢。

我是比較幸運，家裡希望我好好讀書，不要分心，給了我充足的錢使用，我也盡量省著花。但是李宸凌……我就不曉得了。

「怎麼問這個問題？」他的眼睛，即使在陰暗處都顯得好明亮。

「我怕你錢不夠用。」

李宸凌笑了起來，熠亮的眸子眨了一下。「妳想太多了。」

「那你辭職，你們店裡怎麼說？」

「紅茶店本來工讀生就來來去去，這份工作沒有了，下次再找就好了，妳比較要緊。」

他的最後一句話讓我全身體溫陡的升高，全身輕飄飄起來，我雖然知道他　喜歡我，不過沒有聽他親口說過。如今他這句話，是在表示什麼嗎？我有點緊張，不小心將手中的珍珠奶茶全打翻。

「啊！」我叫了一聲。

「怎麼了？」李宸凌靠了過來，一不小心，併坐的我們兩人頭撞在一起，我又再度慘叫一聲，撫著頭哀嚎。

「好痛……」

「紀承茵，妳沒事吧？」李宸凌將我按著額頭的手放下，仔細看我被撞的地方……

他的手輕輕撫過我的肌膚，微風吹過，讓我的觸覺格外敏感起來，他的手又大又厚，動作卻極其細膩，一股暖意漫延開來，這種感覺……似曾相識……這樣的掌心，讓我心頭陡的一動……

是他嗎？會是他嗎？

我輕輕抬頭，看著他方正的臉龐，他不說話時，全身散發出沉穩的氣勢，而他的手在查看我的額頭，感覺……我好像在他的羽翼之下，受他保護……

第九章

「還好，沒事。」李宸淩將手放了下來，我有點失落。

「喔……謝謝。」我揉著額頭。

「還痛嗎？」

「嗯。」

「我幫妳揉揉。」李宸淩將掌心放在我的額頭上，輕輕的揉散。我不由得暗忖，剛剛那個力道，令我吃痛，難道他不痛嗎？

我看著他，他看向我，臉上漾起微笑，這樣的笑容，竟讓我感到羞澀……這是前所未有的……

「好了，謝謝。」

「可以了嗎？還有點紅紅的。」

「嗯，可以了。只是可惜了這奶茶。」我看著滿地的珍珠奶茶，有點懊悔自己怎麼那麼不小心……

「紀承茵！紀——承——茵！」

誰？誰在喊我？我轉頭望向聲音的來源，看到戴可伶正在遠處，將手圈起來作揚聲筒喊我。

怪了！要找我幹嘛離那麼遠？我又不習慣大聲小叫，便站了起來。

「我過去一下。」我向李宸凌交待一下，朝戴可伶走去，她的臉色相當難看，當我走距離她還有三、五步時，毫無預警，她突然衝過來把我抓住，轉身就走。

我被她這突來的舉動嚇到，腳步也走得不穩，連忙拉住了她。

「可伶，妳幹嘛？」我有絲抱怨的道。

「你們在做什麼？」戴可伶沒有回答我的問題，反而轉頭質問，我被她問得莫名其妙，蹙起眉頭。

「什麼在做什麼？」

「你們兩個剛剛靠那麼近，在做什麼？」她的問題讓我有些不好意思。

「沒……沒有啊！」我低下頭。

「你們……在接吻嗎？」

「可伶！」我受到驚嚇似的跳了起來！連忙解釋：「沒有啦！剛剛我的頭不小心撞到，他在幫我看而已。妳看，我這邊是不是還有點紅腫？」我特意將傷口展示給她看。

戴可伶臉色稍霽。「你們兩個……剛剛真的很像在接吻。」

「沒有啦！」我哪有那麼大膽，在大庭廣眾下做這種事？「對了，妳這麼急找我什麼事？」

「對了，立仁查到了，說在妳住的那個地方，上次犯案的那個學生，是會計系的，至於叫什麼名字，他還在查。在結果出來之前，妳還是跟他保持距離一點。」

會計系？李宸凌不就是……

我轉頭看向李宸凌，他怎麼看也不像是那種會傷害人的兇手，然而戴可伶不會無緣無故騙我……她的話還是讓我受到了影響。

「對了，那個李宸凌，他是什麼系的？」戴可伶問道，讓我招架不住。

「他……」

不可能，李宸凌不可能是殺人兇手，他不是……除去去年發生的事件，最近在我身邊所發生的種種事件，和我有交集的……會是嗎？會是他嗎？

不可能……會是他嗎？不可能…… 不可能……

心頭頓時成了空谷，自問自答不斷迴響，卻得不到答案，對於陷入這泥淖，無法自拔，我感到前所未有的不安。

「紀承茵，妳怎麼了？臉色好難看。」

「沒、沒什麼，沒事、沒事。」

「那他……」

「我們下次再講。」我迴避戴可伶的追問，對她所提供的消息並不覺得振奮，心底的慌亂與茫然，再次升起……

李宸凌在樹蔭底下，他臉上的細微表情，都無法逃過我的視線。

※　※　※

打開水龍頭，注入了熱水，差不多放了十幾分鐘，浴缸的水位到達約三分之二，

第九章

我才將洗過澡的身體，泡到水裡去，並將浴簾拉了起來。

平常我並沒有這麼揮霍，只有在特別的時候才會泡個熱水澡，來安撫自己。

都是李宸淩……

戴可伶所說的話，在我心裡造成了影響，是他嗎？會是他嗎？會計系的兇手，還有……他又同住這棟屋子。如果他不是會計系的，或是他不住在這裡，我或許不會這麼不安。

屋子裡莫名其妙出現破破爛爛的衣服，還有襲擊、甚至那個盆栽，我都懷疑是他搞的鬼，但是……他怎麼做到的？他並沒有辦法控制我出現的時間，讓盆栽落在我頭上啊？

還有……他為什麼要這麼做？

一方面讓我喜歡上他，一方面又要奪我的命……喔……怎麼會這樣？是他嗎？會是他嗎？他沒有讓人起疑的特點，但這些事件又……

算了！不想了……頭好痛。

我閉上眼睛，試著將全身放鬆，然後水慢慢的淹到我脖子，耳際，但浮力的關係，我的臉、我的鼻子還是在水上面，讓我能夠呼吸。

溫和的水乘載著我，讓我像浮在雲上，緊繃的肌理都舒展了……

喀嚓！

什麼聲音？我眨了眨眼睛，將滿是水漬的臉上抹了一把，再仔細傾聽，沒有什麼聲音，李宜樺又出去約會了，大概是我聽錯了吧？

不管了，我繼續浮在水上，享受那舒適的感覺……實在太舒服了，有讓人昏昏欲睡的感覺……

眼前突然一黑！

怎麼了？我張開眼睛，眼前還是黑的，除了洗手槽上面窗戶投進來一些微光之外，我什麼都看不到。

電燈怎麼突然熄滅了？線路燒斷了嗎？

這棟房子已經有點年齡，多少會有點問題，只是在洗澡這時候突然熄燈，挺殺風景的。

沒燈了？怎麼辦？還要繼續泡嗎？我遲疑了一會，最後還是放棄，還是起來看是不是保險絲燒斷好了。

我坐了起來，拉開浴簾，撐著浴缸邊緣，準備站起來……浴室門口突然被打開，我嚇了一跳！誰？是誰開的門？

我連忙將身體再泡到水裡，睜大眼睛想要看清來人，而一個力道衝了過來，然後身體……被壓入水中……

好難過，誰？是誰？是誰按著我的臉？我的臉被按入水中，鼻子、嘴巴……都被灌進不少水……

咕嚕……咕嚕……

不要……救……救命！救命……我想要大喊，卻喊不出來，耳朵、嘴巴、鼻子，全都是水……

不！不要……

我手腳亂揮，濺起極大的水花，我死命的掙扎，抓住那個人的手，想將他的手從我的脖子抽離，但是……沒有辦法，他的力氣好大……他不讓我起來，他一直把我壓在水裡，整張手壓著我的臉，不讓我起來……

為什麼？為什麼要殺我？為什麼？

我不斷的掙扎，企圖用我的指甲讓他吃痛，想讓他放開我，沒想到他反而抓起我的頭，我剛離開水裡，好不容易得到點空氣，正想呼吸時，他卻將我的頭往牆壁敲去，好痛……

而這還不夠似的，他又抓著我的頭，將我的臉全壓到水裡，不讓我起來，除了痛楚，口鼻被水嗆到，並不斷往孔裡面灌，好難受……

救……救我……

好痛……誰來救我？我不能呼吸……不能喘息，放開我……放開……我，放……放開……

「賤女人！有了我還不夠……賤女人……」

誰？誰在罵我？我不是賤女人……

第九章

「去死！賤女人……賤女人……」

誰？是誰？為什麼一直罵我賤女人？我不是，我也不要死，不要……耳朵都是水，那個說話的聲音……到底是誰？

「賤女人……去死……」

再也聽不清楚了，我的知覺逐漸飄散，整個人開始分散，意識跟著飄離，什麼……都不知道……

要死了嗎？

第十章

什麼聲音？好像有很多聲音……

我的身體猛被人抽起，而且眼前一亮……有空氣，我大口吸氣，再也不管其他聲音了，拚命呼吸，卻覺得喉嚨有……有東西……我往地上狂吐，嘔……全部……全部都是水……

拚著剩餘的力氣，我抬起頭來，就算死，我也要瞑目，要知道是誰殺我！

「紀承茵……」

好熟悉的聲音，是我認識的人，我集中精神，定眼一瞧，是……是……是李宸淩！

我駭然的睜大眼睛，不敢相信，為什麼？為什麼是他？為什麼真的是他？除了不可置信，還有心痛的感覺……

第十章

為什麼……

「紀承茵……」

李宸凌朝我過來，他伸出了雙手，是他還沒有將我置於死地，所以又要來殺我了嗎？我駭然的大叫：

「不！不要！不要過來！不要！」

「紀承茵，我……」他的手碰到我了，不要！

「不要碰我！不要過來！不要！走開！不要！」我拚命掙扎，拚命將他推開，我躲在水底，又是裸體，我羞憤交加，但是出去的話，就會被殺死，我不知道該怎麼辦，我哭著大叫，有誰能來救我啊？

「紀承茵！」

不要！不要！都走開！不要過來！都走開！

「茵茵！是我，我是可伶，我是戴可伶啊！」一雙纖細的手抓著我，並且搖晃著我，我張開眼睛，見到是戴可伶，放聲大哭起來——

「可伶，我……可伶，我……」

「好了！別說了，先起來吧！」

「好……」我點點頭，還是哭個不停，但是還是站了起來，戴可伶在我身上包裹著一條浴巾，扶著我走出浴室。

走出浴室，我見到李宸凌，想到他剛才欲置我於死地，心全碎了……為什麼不是別人？為什麼是他？

「走開！走開！」

「紀承茵……」他還要過來，他還要殺我嗎？我害怕的走到戴可伶身後，不敢面對他那噬人的面孔，大叫：

「叫他走開！」

「好，我叫他走開，我叫立仁叫他走開好不好？」戴可伶溫柔的聲音灌進了我的耳中。「妳的房間在哪裡？」

我指著我的房間，她扶著我回到我房間。

第十章

「妳要不要先穿衣服？」

「嗯。」

戴可伶從我的衣櫃找出一套衣服，放在我面前。「需要我幫妳嗎？」

「不……不用，我自己來。」

「好，我在外面等妳。」見到戴可伶準備走出去，我連忙抓住了她。

「等一下！妳……妳不要走。」我怕她一走，李宸凌就會跑進來。

「好！我陪妳，妳先穿衣服。」

「嗯。」

戴可伶背對著我，我則看著她，囑咐她不能離開，害怕她突然不見，害怕李宸凌又突然跑進來殺我，我不知道我做了什麼，他為什麼要殺我？為什麼我要愛上他？他又為什麼要殺我？甚至還罵我賤……

我什麼都無法做，只能哭，我邊換衣服邊哭，等我換好後，戴可伶走了過來，把我扶到床上。

「茵茵，妳先休息一下。」

「好。那妳不要走。」我抓著她。

「好。」

我緊緊的抓著戴可伶，不知道她為什麼會在這裡？不過有她在的話，李宸凌就不會再來殺我了吧？

我邊哭邊握著戴可伶的手，只要有可伶在，就什麼都不用怕了……

※　　※　　※

好暗……這裡是什麼地方？水裡嗎？

我的呼吸被扼住，我不能喘息，沒有空氣，只有水流滑過我的臉，我想要把扼著我脖子的手推開，卻怎麼也推不開……

嘰嘰喳喳……窸窸窣窣……

誰？誰在附近？誰？有人在講話嗎？救……救我……

一個身影兜頭而下，我看不清他的臉，但是我可以知道他在嘲笑，他正要奪走我

第十章

的生命……

不要——

我張開眼睛，醒了過來。夢！只是夢而已，我可以呼吸，可以讓空氣湧進我的肺部，我……還活著？

「紀承茵，妳還好吧？」

一個聲音從我頭上傳了過來，我看到一個溫柔的身影，和那次的一樣，渾身散發出來的詳和讓人安心，是他……上次在我發燒，出現在我身邊的那個人，是他……

我定神一瞧，是……李宸凌？

襲擊的恐懼，生命存危的關頭……全部湧上心頭，我駭然的跳了起來！往床的角落縮，叫了起來：

「你怎麼會在這裡？你走開！走開！」

「紀承茵……」

「走開！」

我大叫著，而李宸凌並沒有離開的意思，反而向我爬過來，他要做什麼？又想要殺死我嗎？可伶呢？可伶在哪裡？為什麼放我和這個殺人兇手在這裡？為什麼沒人來救我？走開——

「紀承茵，聽我說……」

「走開！」

啪！

一個巴掌聲迴響在空中，我喘著氣，不敢置信的看著自己的手，我……我打了人？我竟然打了李宸凌？怎麼辦？他會不會更加生氣？我……我怎麼辦？

我惶恐的看著他，竟然對上一雙包容且溫柔的眼睛。

「妳好一點了嗎？」

「你……你……」我不知該如何是好。

「郭維寬已經被抓走了，妳沒事了。」

「什麼？」我迷迷糊糊的看著他，不知道他在說什麼？

第十章

「郭維寬被抓走了？為什麼？」

「我一直要妳跟郭維寬保持距離，就是怕他傷害妳。」

「啊？」我抬起頭來，疑惑的看著他。

「郭維寬的精神狀態不太穩定，跟他在一起，我怕妳會受到傷害，所以才警告妳不要和他走太近，沒想到還是發生這種事，我來不及阻止，我真的……很抱歉。」李宸凌充滿歉疚的看著我，我則迷惑的看著他，心裡雖然害怕，但也稍微穩定，感到事件將要明朗……

「你……你說什麼？」

「去年郭維寬曾在這裡傷害過一個女孩子，因為那個女孩子吵著要和他分手，結果他拿刀刺傷她，還好對方沒事。這件事情，後來被他的父母壓了下來，而且事後醫生有開證明，證明他精神耗弱，所以施以緩刑，他還繼續就讀。所以後來我看他跟妳走得很近，就警告妳不要跟他在一起，沒想到……我如果再小心一點就好了。」

漸漸的，我恢復了心神，並聆聽他的內容，當我吸收完畢內容並消化後，不由得震驚。

「郭維寬他……我？」

「對，郭維寬對妳有意思，他喜歡妳，所以他跟蹤妳到電影院，上次在圖書館，我相信也是他，還有在學校攻擊你，包括那次盆栽落下的事件，我查過了，也是從他的陽臺丟下。只是我沒想到，他竟然會真的要殺妳，還好妳沒事。」李宸凌說著，摸著我的頭，這時候我已經安定下來了。

所以在電影院的時候，李宸凌才會那麼奇怪，電影還沒開演就跑出去？因為他早就發現到郭維寬在跟蹤我？所以才那麼緊張？

甚至在圖書館，李宸凌也不是蓄意嚇我？

「他為什麼要這麼做？為什麼要殺我？」

「可能他沒辦法得到妳，又把妳當成是倪玉雙了吧！」

「倪玉雙？」

「對，就是他先前那個女朋友。妳和她……有幾分神似，我剛見到妳時，也是嚇了一跳，後來看妳跟他走得很近，所以才要妳不要跟他走太近。」

所以他那些警告，不是兩人間的恩怨，而是另有內情？

知道這件事情並沒有讓我振奮，我怨懟的道：

「你為什麼不早講？」

「我怕嚇著妳，才想說在妳身邊保護妳，不過好像適得其反……」他摸摸自己的頭。

「那他人呢？」

「已經被警方帶走了。」

所以將我壓在水裡的不是他，我看著他的兩隻手的手背，都沒有被抓過的傷痕。

因為剛才太害怕，試圖在歹徒身上製造痛楚讓他放過我，然而……李宸凌除了臉上的五指印，他的手上並沒有任何傷痕。

不是他……不是他……

我心下一寬，看著李宸凌臉上的五指印，我感到相當抱歉。

「對……對不起。」

「沒關係，妳沒事就好。」

原來是郭維寬，不是李宸凌，不是他……我的心情豁然開朗起來，我好擔心萬一殺我的是李宸凌，我有多難受……

原來……我真的是喜歡他的。

所以後來，我賴著他保護，享受他在我身邊的感覺，原來我的心，比我的理智更清楚，我早已經喜歡上他了。

所以當我在害怕李宸凌會不會是兇手時，才會那麼難過吧？

喜歡他……我竟然會喜歡上一個人？這個發現讓我心跳突然加快了起來，臉上也一熱。

「那……可伶呢？」我藉著說話來轉移注意力。

「她跟她男友去警局做筆錄了，警察說等妳醒過來，也請妳去做筆錄。到時我陪妳去。」

「你如果早點說的話，我會避開他，不會跟他講話啊！」

第十章

「我只是怕妳害怕……」

「難道遇到這種事，我就不怕嗎？」我不服的道，如果他早點說的話，我也有所防範嘛！真是……一想到剛才的驚嚇，我就覺得委屈，眼睛痠痠的，不自覺的，眼淚就掉下來了。

「承茵，別哭，沒事了，別哭。」李宸凌想把我臉上的眼淚擦去，卻一下打到我額頭，一下又戳到我眼睛，我看著他手忙腳亂的樣子，不由得噗哧一笑。

「好了，你別弄我了。」我閃開他的手，免得被他打死。

「不哭了吧？」

「嗯。」

「還好妳沒事。」李宸凌撫著我的頭髮，喟然嘆息，我看他那樣自責的樣子，忙道：

「好了啦！我沒事了，你不用擔心了啦！」

「沒事就好。」

我看著李宸凌，面對他專注而認真的臉龐，他的眸子像星鑽般在閃爍，我的喉嚨在發燙，感到有股吸力，將我們拉近，然後，他熾熱的唇瓣落在我冰涼的唇上，帶來了陣陣溫暖，直至心底……

※　※　※

到警察局做筆錄，是由李宸凌陪著我的。由於單獨進到警局，令我相當恐懼，所以我拉著他陪我，至於警察問了我什麼，當筆錄結束時，我幾乎忘光了，當他們要我指證郭維寬時，我更加忐忑不安。

「一定要嗎？」我問著警察，希望答案是否定。

「對不起，這是程序。」警方堅定且無情的回答，破壞了我的希望，我求救的望了李宸凌一眼，他在我的肩上一拍，溫柔的道：

「沒關係，我會陪著妳。」

有了李宸凌的保證，我安心多了，我站了起來，跟著警方進到關著郭維寬的小房間。他的手被手銬銬著，雙眼血絲，臉色蒼白，看起來一夜沒睡。

「對，就……是他。」隔著十幾公尺，我指出了他。

第十章

似乎是聽到我的聲音，郭維寬抬起頭來，依舊揚起笑容，只是那笑容格外森冷，令人不寒而慄。

「妳……來了呀！」

看到他陰冷的表情，我不敢應聲，而郭維寬拉了拉銬著他的手的手銬，朝我輕蔑的道：

「高興了吧？我被抓，高興了吧？妳們女人都一樣，沒一個好貨，看到我被關在警察局，很得意吧？賤女人，爛貨，全都不得好死……」從他的嘴裡冒出一連串不堪入耳的字眼，全是針對我而來，我下意識的往李宸凌身邊靠，李宸凌拍了拍我，要我別在意。

很難想像原來斯文的郭維寬，當他發病時是這樣嚇人。即使知道他的精神不穩定，但聽到謾罵與批評，我還是挺難受的。

「郭維寬，你夠了！」旁邊有警察喝斥，郭維寬完全不理，還拿起離他最近的一個紙杯，往我身上丟。

雖然沒有丟到我，但他的舉動還是嚇到我了。

「警官，我先帶紀承茵出去。」李宸凌發現我的不安，向警察說道，還好警察善心大發，說道：

「好，你們可以回去了。」

我聽到這句話，趕緊抓著李宸凌就要走，沒想到身後又傳來：

「紀承茵，妳跑！沒關係，妳跑呀！不管妳跑到哪裡，我還是找得到妳，就像妳那個姓梁的男朋友一樣，全部給我去死！」

我渾身一震！他在說什麼？難道……

我轉過頭來，李宸凌想拉著我走，我卻反拉住他。「等一下。」我請李宸凌留在原地，朝郭維寬走了兩步，還是不敢靠近他，深吸口氣，才吐出：

「你剛剛說什麼？」

郭維寬只是看著我，嘴角浮出一抹令人恐懼的微笑，我喉嚨像是又被他掐住，不能呼吸……用力嚥了口唾液，追問：

「你剛剛說那句話……是什麼意思？」

第十章

「只差一點，只差一點……就差那麼一點……」

「郭維寬，你說清楚一點。」我急了。

「就差那麼一點……」

我恍然大悟，梁禹皓會在醫院，不是單純的猛爆性肝炎，這時我才想起，梁禹皓說過急性肝炎是由病毒或藥品、毒物所引起的……

我還在思索之際，郭維寬的話又罵了過來：

「妳這個爛女人，腳踏兩條船，不……是三條船，妳以為人人都受妳操控嗎？我去妳的王八蛋，倪玉雙，妳不得好死！我警告妳，妳不得好死！連妳那個男朋友，都不得好死！」郭維寬邊說邊罵，雖然他的手被手銬架住，但他發狂的氣勢，像是要把手銬扯斷，連員警都來了兩個彪形大漢才將他制伏。

「我們走吧！」李宸凌拉著呆若木雞的我，準備走出警察局。

「我給妳警告妳還不懂，妳還跟這個男人在一起，早知道我刺爛的就不是妳的衣服，是妳的心臟了。」

他到底在說什麼？我一臉疑惑。我朝李宸凌望去，他也滿臉狐疑。

衣服……這時候我突然想到那些破破爛爛的衣服，是他嗎？會不會他誤以為杜明珍的背心是我的衣服，所以對著衣服洩恨，還給我警告呢？

「你他媽的李宸凌！敢搶我的玉雙，我要殺了你！」

郭維寬像隻大熊，準備撲了過來，但畢竟手仍被銬住，而我們又離很遠，所以沒被傷到，但他的力氣大到在銬住他的手腕上都出現血跡，不由令我目瞪口呆。

我跟李宸凌……我敢肯定的是，郭維寬一定把我跟倪玉雙搞混，所以才對李宸凌抓狂。

那麼……梁禹皓也是同樣的原因了？

「我們走吧！」李宸凌拉著我出了警局。「妳的臉色很難看，嚇到了嗎？」

「有一點。」

「沒事了。」李宸凌握住我的手，這個大掌……我驚疑的抬起頭來，以手感覺它的熟悉感。

「怎麼了？」

「不、沒什麼……」這之後再確定。「我只是懷疑……」我望了警局一眼。

「我前男朋友住院，跟他有關？」

李宸凌蹙起了眉頭，似乎有些不悅，淡淡的道：

「那個給警方去處理就好。」

「可是……」

「我們先離開這裡吧！」

※　　※　　※

事情發生過後兩天，我重新回去學校上課。不過現在那份陰森的詭異感已經消失，取而代之，是李宸凌的保護。

後來我從警方那邊才知道，郭維寬幾乎無時無刻都在跟蹤我，難怪我會有不安的感覺。現在他被抓了，所有不安的感覺馬上消失無蹤。而我也把宿舍的鎖換了，給自己一個安全的環境。

原來郭維寬曾經在我們不注意的時候，偷拿我們的鑰匙去打，所以才能潛入我們的屋子。

早在鑰匙不見時，我們就應該換個鎖的，我真是太大意了。

甚至杜明珍的衣服，也是郭維寬搞的鬼，當我們跟杜明珍解釋時，她也目瞪口呆，直嚷著平常看起來相當斯文的郭維寬，竟然會做出這種事？

我更想不到，這般驚險的事件，竟然會發生在我身上。

「唉喲！在等李宸凌喔？」我走出系館，在樓梯旁站著，戴可伶就取笑我，我不客氣的反擊：

「妳不也是在等學長？」

「你們現在……發展的怎麼樣？」戴可伶鬼鬼祟祟的挨近我，我沒好氣的看了她一眼。

「妳問這個做什麼？」

「好奇呀！透露一下嘛！」

第十章

「妳不是說他是去年殺人的兇手嗎?」

「幹嘛那麼小氣?誰叫李宸凌是會計系,我才會以為他就是那個人。誰知道郭維寬以前也是會計系,是在事情發生之後,留級一年,轉去讀微生物系,才會讓人搞錯嘛!」戴可伶訕訕的道。「再說,那天要不是立仁去找李宸凌,問他這件事,我們也不會去找妳,也不會發現。」

認真說起來,戴可伶和高立仁,可是我的救命恩人呢!

我後來才知道,學長很認真的幫我去問發生在我們那棟大樓的事,找到了會計系的人,當初發生事情時,李宸凌和郭維寬兩人都是一年級,後來李宸凌升了二年級,郭維寬卻轉讀微生物系一年級,這讓高立仁感到疑惑才去問李宸凌。

本來戴可伶是要帶李宸凌來跟我解釋,沒想到卻碰上郭維寬正在行兇,所以我這條命,可算是他們兩人撿回的。

「好啦!謝謝啦!」

「不客氣,俗話說,大恩不言謝。妳可以請我們吃飯。」戴可伶圓滾滾的眼睛閃爍著算計的光芒。

「好。」

跟性命比起來，請吃飯實在沒什麼，就算被她算計，我也心甘情願。

※　※　※

「要跟李宸凌出去喔？」

我正在穿鞋，聽到李宜樺的聲音，我抬起頭，見到她滿眼戲謔，故意忽略她語氣裡的揶揄。

「恩。」

「你們最近很常出去喔？」

「有嗎？」我口是心非。

「都交往了，承認又有什麼關係？」李宜樺滿眼笑意，我怕她又會說出什麼調侃的話，趕緊起身準備出門，連招呼又不敢打了。

就在我要出門的時候，李宜樺又說了：

「看妳跟我哥在一起，我真高興。」

第十章

什麼？

我猛地煞住了車，身體一轉，李宜樺看到我的時候，似乎嚇了一跳，不要說她嚇了一跳，我都相信自己的表情也好不到哪裡去。

「妳……說什麼？」

「什麼什麼？」李宜樺反問。

「妳剛說的呀！」我急切的追問。

「我剛說了什麼？」

還裝！「妳剛剛說……李宸凌是妳哥？」

「不是親生哥哥啦！他是我表哥。」

「我怎麼沒聽妳說過？」我一直以為李宜樺跟李宸凌只是剛好同姓而已，根本沒想這麼多。

「妳不知道嗎？我以為我講過。」

「妳沒有講很清楚。」

「是嗎？」李宜樺疑惑著，似乎在回想。

「我從來沒聽過妳叫他哥，妳看起來跟他也沒有很熟。」我想起李宜樺和李宸凌的互動並沒有那麼熱絡。

所以……李宜樺這麼積極把我跟樓上的男生湊在一起，又跟路行凱和李宸凌一起去看電影，還把我們倆個位置湊在一起，原來不是沒有原因的。

「那當然，他上他的課，我上我的課，時間上差那麼多，當然就不會常在一起了。再說我這個表哥話不多，是個悶葫蘆，我跟他聊不起來，不過人倒是很是很好，所以我有事都會找他，上次妳發燒也是他在旁邊陪妳。」

真的……是他？

這個消息讓我如同被水球打到，爆破的水花濺得我滿臉都是，腦袋也清空起來，整個人像是洗過似的，面對全新的世界。

「他……他……照顧過我？」我連話都說不清了。

「對啊！我對我表哥百分之百信任，所以我才託他照顧妳，妳不要一臉震驚的樣子嘛！難道他在妳旁邊的時候，妳不知道嗎？」

第十章

我怎麼會知道？那時候燒得迷迷糊糊，什麼都不清楚。

那麼幫我擦毛巾，掃地上的碎片，還有那隻大手……都是他了。我渾身發燙，才發現……原來……他一直在我身邊。

胸口像是潮浪在拍打、衝擊著，震得我全身發熱，整個人像是熱氣球要往上飄，迫不及待想去他的身邊。

「我……我先走了。」

「晚點回來呀！」

無視於李宜樺調侃的語氣，我飛快的出了宿舍，飛奔至我們約好的地點。

我這時才發現，原來……在我心上的，一直是他。

他一直在我身邊，保護我、照顧我，無論是郭維寬的事件，或是我生病的時候，他都那般體貼。

仔細想起來，多次的巧合，其實都出自於他的用心。

他對我的心意，是如此明顯，而我竟這般糊塗，直到現在才發現。啊！我真是太迷糊了，我怎麼忘了……他的手心的溫度。

遠遠的，我看到他站在我們約定的地方，我朝他奔過去。

「李宸凌！」

我跑到他身邊，氣喘吁吁的我來不及歇息，就牽起他的大手，沒錯，就是這個寬度，還有這份觸感，包括他的溫度，都一直在我心中……

「妳、妳怎麼了？」李宸凌大概被我大膽的舉動嚇到，臉上泛著紅暈，這跟當初從郭維寬的手中救出我的，是不一樣的人。

竟然如此……可愛……

「沒……沒什麼。」我深吸一口氣，拉著他往前走。「我們走吧！」

「去哪裡？」

「你去哪裡我就去哪裡。」

走出詭異及危機的陰霾，我拉著李宸凌，走在刺眼且灼熱的陽光底下，但我一點都不擔憂，因為我知道，身旁有一雙寬大的羽翼，足夠讓我安心的在他懷中依偎……

電子書購買

國家圖書館出版品預行編目資料

窒愛 / 梅洛琳著 . -- 第一版 . -- 臺北市：崧燁文化事業有限公司 , 2021.12

面；　公分

POD 版

ISBN 978-986-516-923-7(平裝)

863.57　　110018285

窒愛

臉書

作　　者：梅洛琳

發 行 人：黃振庭

出 版 者：崧燁文化事業有限公司

發 行 者：崧燁文化事業有限公司

E-mail：sonbookservice@gmail.com

粉 絲 頁：https://www.facebook.com/sonbookss/

網　　址：https://sonbook.net/

地　　址：台北市中正區重慶南路一段六十一號八樓 815 室

Rm. 815, 8F., No.61, Sec. 1, Chongqing S. Rd., Zhongzheng Dist., Taipei City 100, Taiwan (R.O.C)

電　　話：(02)2370-3310　　傳　　真：(02) 2388-1990

印　　刷：京峯彩色印刷有限公司（京峰數位）

定　　價：299 元

發行日期：2021 年 12 月第一版

◎本書以 POD 印製